Kim Jiseok

1992년 이태리 페사로영화제에서

김쌤은 출장 중 2

김지석

부산국제영화제 x 호밀밭

일러두기

- 외국의 인명은 외래어 표기법을 따랐으며 최초 등장 시에만 영문 인명을 함께 병기하고, 이후에는 병기하지 않았다.

- 영화 제목은 되도록 부산국제영화제 상영 시 제명을 준수하도록 했으나 그 후 한국에 어떤 형태로든 공개적으로 릴리즈되어 새로운 제명이 붙은 경우에는 해당 제명을 따랐다. 한국에서 소개된 적 없는 영화의 경우 故 김지석 선생의 번역에 따르거나 편집자들이 임의로 번역하였다.

- 외국의 지역명은 특정한 맥락이 있어 원어 표기를 필요로 할 때를 제외하고는 원어 표기하지 않았으며, 공공장소 및 명소의 표기는 한국 포털 사이트 표기를 기준으로 했다. 이 역시 최초 등장 시에만 원어를 병기했다.

- 영화 제목은 꺾쇠괄호(〈〉), 신문, 잡지, 저널 등은 이중꺾쇠괄호(《》)로 표기했다.

책머리에

지난해에 이어서 올해도 김지석 선생님의 출장기록을 책으로 묶었습니다. 이번에는 1996년부터 2002년까지의 글들입니다. 〈씨네21〉, 〈부산일보〉, 〈국제신문〉, 〈문화일보〉 등에 실렸던 글들과 함께, 당시 '핫영화소식' 등의 이름으로 홈페이지에 실렸던 짧은 글들도 묶어 냈습니다. 언론 기고문들이 영화와 영화제에 대한 긴 호흡의 고민과 비전을 담고 있다면, 해외 영화계 소식의 주요 창구였던 핫영화소식의 글들은 친절하고 꼼꼼한 정보를 특징으로 합니다.

부산국제영화제 초창기의 이 글들에는 영화제의 출범부터 성공까지의 여러 정황과 그 과정에서의 고민이 생생히 담겨 있습니다. 예를 들면, 베를린국제영화제에서 감독과 관객의 대화를 보며 영화제란 관객, 감독, 평론가가 만나 영화를 즐기는 장이어야 한다고 생각하는 대목은, 훗날 활발한 GV가 부산국제영화제의 성공 요인이 됐던 것이 결코 우연이 아니었음을 알수 있게 합니다. 홍콩국제영화제를 방문하며 그곳의 어려움에 안타까워하면서도, 이로 인해 부산국제영화제에 주어진 기회를 감지하고서 미묘한 들뜸을 토로하는 대목도 인상적입니다.

무엇보다도 이 글들은 아시아 영화의 주요한 역사적 순간에 대한 기록이라는 점에서 매우 큰 가치가 있습니다. 칸에서는 이란, 태국 등 여러 아시아국가의 영화들이 세계적 인정을 받는 모습을, 홍콩에서는 전환기의 중화권 영화를, 싱가포르에서는 동남아 영화의 다채로운 양상을, 도쿄에서는 일본의 새로운 독립영화를 만나며, 인도에서는 인도영화의 저력과 함께 새로운 거장의 존재를 발견하는, 수년간의 여정 전체가 역동적으로 변화하고 성장 중이던 세기 전환기 아시아 영화에 대한 폭넓고도 세밀한 역사적 증언인 것입니다.

이는 부산국제영화제의 성공이 스스로의 힘만으로 이루어진 것이 아님을, 아시아 영화 전반의 성장에 힘입은 것임을 짐작케 합니다. 그 가운데에는 한국영화의 성공도 있습니다. 글의 여러 대목들이 여러 국제영화제를 방문할 때마다 달라지는 한국영화의 위상을 전하는 것을 볼 수 있습니다. 칸 영화마켓에 설치된 한국영화 부스들이 점차 붐비기 시작하는 광경은, 2019년 〈기생충〉의 황금종려상 수상으로 이어지는 한국영화 황금기의 시원을 보여줍니다.

그리고 그 과정에 함께 했던 선생님도 만나게 됩니다. 이는 호기심과 놀람, 열정과 기쁨, 설렘과 우정과 함께 이 책을 가득 채우고 있는 수많은 만남을 통한 것이었습니다. 대륙의 동쪽 끄트머리에 위치한 항구도시 출신의 한 젊은 시네필이 낯설고도 광대한 아시아의 영화들과 조우하는 그 순간들이, 아시아 영화의 새롭고 광대한 흐름에 작지 않은 동력원이 되었을 것을 믿어 의심치 않습니다.

> "점심을 먹으면서 마흐말바프는 이란인들이 즐겨 인용하는 한 구절을 이야기했다. '꽃을 팔아 돈을 벌었다면, 그 돈으로 당신은 무엇을 하겠는가?' 나는 '당신이라면 아마 다시 꽃을 사겠지요.'라고 대답했다. 그는 수긍의 미소를 지었다. 그와 헤어지기 전, 마흐말바프는 차를 잠시 세우고 나에게 줄 선물을 하나 사 왔다. 그것은 다름 아닌 꽃이었다. 키아로스타미의 영화가 보석이라면, 마흐말바프의 영화는 꽃이라는 나의 생각은 그래서 더욱 확고해졌다." (본문 71쪽)

2000년 이란 파지르국제영화제 출장기의 마지막 대목입니다. 그날 두 분의 만남도 꽃처럼 향기로웠던 것 같습니다. 그리고 전염병으로 인해 만남이 봉쇄된 2020년, 지금 우리에게는 꽃이 절실히 필요하다고, 그 아름다움과 향기가 필요하다고 느끼게 됩니다. 아시아 영화의 꽃들로 이루어진 미지의 성운을 횡단하며 더 풍성한 개화를 위해 쉼 없이 발자국을 디뎠던 젊은 김지석 선생님을 그리워하며 그분의 두 번째 출장기를 출판합니다.

2020년 10월
지석영화연구소 일동

목차

1부.
첫 발자국
(1996~1997)*

*
조사와 편집 과정에서 1998년, 1999년의 출장기록은 확인하지 못하였다.
원래부터 그런 것인지, 조사의 미진함 때문인지는 불확실하다.
향후에 출장기록이 발견되면 재판을 통해 보완하고자 한다.

[부산일보 1996년 3월 7일 자 기고] **베를린국제영화제를 보고 〈上〉**

　　오는 9월 부산국제영화제 개최를 앞두고 부산국제영화제 프로그래머 김지석 씨가 최근 세계의 영화제 중 가장 짜임새 있고 권위 있는 베를린국제영화제(이하 '베를린영화제')에 다녀왔다. 부산영화제 위상 및 방향과 관련, 김 씨가 베를린영화제에서 보고 느낀 것을 두 차례에 나눠 싣는다.

개최 기자회견

　　해마다 전 세계에서 열리는 영화제 수가 확인된 것만 7백여 개가 넘는다. 이탈리아의 경우 연간 1백 개가 넘는 영화제를 개최하기도 한다. 소득 수준 1만 달러를 넘는 우리나라에 영화제 하나 없다는 사실은 정말 이해하기 어렵다. 대부분의 상점이 오후 6시만 넘으면 문을 닫고 인적마저 뜸해지는 베를린이지만 극장만은 연일 관객이 넘쳐흘렀다. 심지어 밤 11시에 상영되는 극장도 만원인 경우가 많았다. 할리우드 영화에 밀려 영화산업이 날로 피폐해져 가는 상황 속에서도 베를린영화제를

13

홀륭히 치러낼 수 있는 저력은 바로 이 일반 시민들의 영화에 대한 사랑이 가장 큰 바탕일 것이라고 생각된다.

베를린영화제는 크게 경쟁·파노라마 부문과 포럼 부문으로 나뉜다. 이 양 행사는 조직과 운영체계도 완전히 다르다. 물론 일반적인 관심도의 측면에서는 전자가 더 중요할 수도 있겠지만 부산국제영화제가 비경쟁영화제를 지향하는 만큼 포럼 운영 방식 등에 관심을 더 기울일 수밖에 없었다.

현재 포럼의 운영위원장은 전 유럽에서 가장 존경받는 영화평론가이자 학자인 울리히 그레고어 Ulrich Gregor. 현재 포럼은 그레고어가 위원장으로 있는 독일영화우호협회* Freunde der Deutschen Kinemathek와 연계해 운영되고 있다.

이러한 시스템은 전 세계에서 베를린영화제가 유일하다. 그레고어에 따르면 독일영화우호협회는 포럼에 초청되는 작품 가운데 매년 20여 편의 프린트를 사들여 독일어 자막을 넣어 보관하며, 독일어권 국가를 상대로 소극장 순회 상영을 담당한다고 한다. 포럼에 초청되는 작품은 대개 진보적이고 새로운 형식의 작품이 보편적인데 그레고어는 이러한 작품을 영화제 기간뿐만 아니라 1년 내내 대중들에게 소개함으로써 젊고 새로운 영화의 영역을 넓혀 나가는 데에 커다란 의미를 두고 있다고 밝혔다.

---

* 다른 번역으로는 '독일 시네마테크의 친구들'이 있으며, 이 단체의 설립자 중 한 명인 울리히 그레고어는 2001년 은퇴하였다. (편집자 주)

이러한 의도는 독일영화우호협회의 자체 극장인 아르세날 Arsenal에서 확실하게 파악할 수 있었다. 초 팔라스트 Zoo Palast 나 우라니아 Urania Theater와 같은 대극장들에 비해 시설이나 규모는 형편없이 떨어지지만 아르세날에서는 상영이 끝난 뒤 감독과 관객 간의 대화가 늘 진지하게 열리고 있었다. 아카데미상이나 대종상의 시상식과 같은 화려한 무대를 떠올리는 독자들에게는 다소 생소하게 들리겠지만 영화제의 진정한 역할이란 바로 이처럼 관객과 감독, 평론가가 함께 만나서 영화를 즐기는 데에 있는 것이다. 즉 대중들이 축제의 일원으로 같이 참가하는 것이야말로 영화제의 진정한 역할인 것이다. 그런 면에서 아르세날에서 만난 관객들이야말로 진정한 영화제의 주인이라는 생각이 들었다.

[부산일보 1996년 3월 12일 자 기고] 베를린국제영화제를 보고 〈下〉

부산국제영화제를 성공적으로 개최하기 위해서는 여러 가지 면에서 좀 더 노력이 필요하지만 가장 큰 문제가 역시 시설 문제이다. 불편한 좌석은 말할 것도 없거니와 영사 시설이나 사운드 시설도 큰 문제이다. 하지만 더 큰 문제는 역시 극장주들의 인식 문제이다. 베를린 유수의 극장들이 다소간의 금전적 소실을 감수하면서도 흔쾌히 영화제에 참가하는 것은 극장 자

15

적 기여에 더 큰 의미를 두기 때문이다.

베를린영화제가 A급 영화제의 위치를 유지하기 위해 감
수해야 하는 문제도 있기는 하다. 그것은 곧 대중성 확보와 미
국 작품 유치라는 과제 때문에 할리우드 자본의 입김으로부터
완전히 자유롭지 못한 점이다.

특히 올해의 경우 독일이 일본을 제치고 할리우드 최고
의 화제 시장으로 부상한 직후 열리는 영화제였기 때문에 할리
우드는 작품과 함께 인기 배우들을 대거 참가 시켜 세를 과시했
다. 그리고 마침내는 작품상도 미국 자본의 〈센스 앤 센서빌리
티 Sense and Sensibility 〉(1995)가 차지했다.

이에 반해 부산국제영화제의 경우는 외국 자본에 의해
그 성격이 흔들릴 위험은 없지만 새롭고 진지한 영화의 소개 외
에도 대중성 확보라는 과제를 기본적으로 안고 있다고 볼 수 있
다. 새로운 영화의 발견은 즐거운 일일 수도 있지만 낯설다는
이유 때문에 외면받을 가능성도 있기 때문이다. 관객 없는 영화
제란 사실상 무의미하지 않은가.

베를린영화제의 또 다른 중요한 역할은 영화에 관한 모
든 정보의 '교류의 장'이 되는 것이다. 필름마켓은 물론이고, 기
본적으로 세계 각국의 영화인들이 서로 만나 정보를 교환한다.
예를 들면 이후에 열릴 세계 각국의 영화제 관계자들이 자료를
가지고 와서 열심히 뿌려대고 교류하는 식이다.

필자가 수집한 이러한 자료들만 해도 작은 옷 가방 하나에 다 담길 분량이었다. 그중에는 인터넷을 통해 영화제를 개최하겠다는 '가상 현실 국제영화제'에 관한 자료도 있었다. 이러한 교류의 장은 곧 있을 다른 국제영화제로 옮겨질 것이다.

준비단계 공청회

부산국제영화제의 경우는 당장 필름마켓을 열기는 어렵지만 최소한 아시아 영화인들의 최고 만남의 장을 만들 계획이다. 이번 베를린영화제에서도 인도네시아 가린 누그로호 Garin Nugroho 감독의 〈달의 춤 And The Moon Dances〉이나 중국 장밍 Zhang Ming 감독의 〈무산의 비구름 In Expectation〉, 이란 자파르 파나히 Jafar Pananhi 감독의 〈하얀 풍선 The White Balloon〉 등과 같은 정말 좋은 영화들을 만날 수 있었으며 이미 부산국제영화제에 초청을 내정해 두고 있는 상태이다.

그동안 상업적 이유로 수입이 거의 불가능했던 영화들을 오는 9월에는 상당수 접할 수 있을 것 같다.

17

[씨네21 50호 기고] **아시아 영화, 날개를 다는가: 본토 귀속 앞두고 활** 18
로 모색에 바쁜 '96 홍콩영화제

아시아권에서 성공적인 국제영화제를 찾기란 쉽지가 않
다. 대규모 경쟁영화제는 빅3(칸, 베를린, 베니스) 등 유럽권 영화
제의 확고부동한 지위에 밀려 경쟁이 거의 불가능한 반면 비경
쟁영화제나 특정 장르 영화제는 관객 동원의 어려움 때문에 제
대로 자리 잡기가 힘들기 때문이다. 그러나 무엇보다도 아시아
권 영화제는 영화제를 왜 개최하는지에 대한 뚜렷한 목적의식
이 부재하거나 효율적인 운영 체계의 미숙함 때문에 시행착오
를 많이 겪고 있는 중이다. 전자의 예로는 도쿄국제영화제Tokyo
International Film Festival (이하 '도쿄영화제')를 들 수 있고(초창기 시작한
도쿄영화제는 영 시네마 부문이 있음에도 불구하고 고루한 영화제란 인상
을 지우기가 힘든 상태이다. 그래서 지금은 대기업들이 떨어져 나가면서
쇠락의 길을 걷고 있다), 후자의 예로는 인도국제영화제International
Film Festival of India를 들 수 있다.

하지만 아시아권에서 성공적인 영화제가 전무한 것은
아니다. 성공적인 특정 장르 영화제로는 일본의 야마가타 국제
다큐멘터리영화제Yamagata International Documentary Film Festival가 있
고 비경쟁영화제로는 홍콩국제영화제Hong Kong International Film
Festival (이하 '홍콩영화제')가 있다. 특히 오늘날 홍콩영화제는 아시
아권을 대표하는 영화제로 널리 알려져 있다. 그러나 홍콩영화

제가 출발부터 오늘날과 같은 좋은 영화제로 자리 잡은 것은 결코 아니었다. 올해로 20주년을 맞은 홍콩영화제는 그 발자취를 한 권의 책으로 정리하였고 이 책은 홍콩영화제가 초기의 시행착오를 어떻게 극복하고 훌륭한 영화제로 성장할 수 있었는가 하는 역사를 요약하고 있다. 이 책은 홍콩영화제가 홍콩 시정국市政局의 주최로 열리고 있지만 프로그램의 독립성을 지속적으로 유지했다는 점, 아시아영화의 발굴이라는 영화제의 개성을 잘 살렸다는 점을 홍콩영화제의 성공 요인으로 꼽고 있다.

그러나 이러한 공식적인 기록보다 정말 필자를 감동시킨 것은 홍콩영화제를 탄생시켰고 청춘을 홍콩영화제와 함께 보낸 전·현직 스태프들이 지난 20년을 회고하며 남긴 글들이었다. 이들 중에는 중국권 영화의 최고 전문가로 널리 알려진 토니 레인즈Tony Rayns가 있다(혹자에 의하면 그는 홍콩영화제의 수호천사로 불리기도 한다). 1회 때부터 자문위원, 패널 등으로 참가하기 시작하여 20년 동안 한 해도 거르지 않고 행사 기간 내내 영화제를 지켜본 그는 '홍콩영화제의 20년'이란 글에서 홍콩영화제에 대한 끝없는 애정과 존경을 표하고 있다. 30대 초반에 시작되어 50대 초반까지 이어진 그와 홍콩영화제와의 인연을 보면 다른 어떤 설명도 필요 없이 홍콩영화제가 정말 좋은 영화제였구나 하는 생각이 절로 들게 된다.

홍콩영화제 20년 동안 가장 극적인 순간은 역시 1985년
19 4월 12일 코샨 극장Ko shan theatre에서 첸 카이거Chen Kaige의 〈황

토지Yellow Earth 〉가 첫선을 보인 때였을 것이다. 그동안 미지의 세계였던 중국영화가 서방 세계에 처음으로 그 모습을 드러내는 순간이었던 것이다. 이후 중국영화의 행보는 독자 여러분도 잘 알다시피 세계무대의 중심부를 향해 약진에 약진을 거듭해 이제는 완전히 주류 영화의 대접을 받고 있다. 이로써 제3회 때부터 시작되었던 아시아영화 섹션은 이제 홍콩영화제를 대표하는 얼굴이 되었고, 많은 아시아영화가 홍콩영화제를 통해 발굴되었다. 그래서 유럽의 많은 영화제 관계자도 아시아영화를 보기 위해 홍콩영화제로 몰려오기 시작하였다.

이처럼 중국영화는 홍콩영화제의 명성을 드높이는 데 결정적인 기여를 하였지만 10여 년이 지난 오늘날에는 아이러니하게도 도리어 홍콩영화제의 발목을 붙잡고 있다. 그것은 대부분의 국제영화제들이 겪고 있는 프로그램의 독립성 문제와 별반 다르지 않다. 조짐은 이미 지난 1994년부터 시작되었다. 당시 아시아영화 담당 프로그래머였던 윙아인링Wong Ain-Ling은 제5세대 이후의 독립영화 감독 장위안Zhang Yuan, 왕샤오슈아이 WANG Xiaoshuai 등의 작품을 초청하였고 이를 못마땅하게 여긴 중국 정부 당국은 많은 수의 출품작을 철회시키고 말았다. 이 때문에 특별 회고전으로 마련된 '2개 도시의 영화: 상하이와 홍콩' 프로그램은 엉망이 되고 말았다. 이 사건 때문에 윙아인링은 사퇴를 심각하게 고려하기까지 했다. 그런데 올해에도 장유엔의 신작 〈아들들Sons 〉이 초청 상영되었고, 이에 따라 폐막

상영작이었던 우티안밍 WU Tianming의 〈 변검 The King Of Masks 〉의 상영이 또 취소되고 말았다.

1회 부산국제영화제에 초청된 <아들들>의 장위안 감독 GV

점증하는 중국 정부의 압력은 홍콩영화제의 아름다운 전통이었던 프로그래밍의 독립성을 점차 훼손시키고 있는 것이다. 사실 중국의 관료적 사고방식은 결코 훌륭한 영화제를 만들어낼 수 없다(상하이영화제를 보라). 내년이면 홍콩이 중국에 반환될 것이고, 이제 홍콩영화제의 미래는 낙관하기 힘든 상황에 이르렀다.

이러한 분위기는 지난 3월 30일에 열린 '영화제의 미래'라는 주제의 세미나에서도 확연히 드러났다. 울리히 그레고어 **21** (베를린영화제 포럼 운영위원장), 토니 레인즈 Tony Rayns, 페기 챠오

Peggy Chiao(대만필름센터Taiwan Film Institute 대표), 데이비드 스트래튼David Stratton(시드니 영화제Sydney Film Festival 집행위원), 하야시 가나코Hayashi Kanako(가와키타기념영화문화재단Kawakita Memorial Film Institute 기획담당자), 슈케이Shu Kei(홍콩 영화감독 겸 평론가) 등이 참석한 이 세미나는 사실상 위기에 처한 홍콩영화제의 미래를 전망하고 활로를 모색하고자 한 세미나였다. 하지만 홍콩영화제의 미래에 대한 진지한 논의를 한 사람은 토니 레인즈와 슈케이뿐이었다. 특히 슈케이는 가장 비관적인 전망을 내놓았다. 그는 내년 이후부터는 모든 출품작이 중국 정부의 검열을 받을 것이고, 따라서 오히려 문제가 생길 여지가 없을 것이라는 매우 역설적인 이야기로 홍콩영화제의 어두운 미래를 전망했다. 아울러 그는 좋은 영화제란 연륜이 문제가 아니라 진보적 정신이 얼마나 유지되느냐에 달려 있다는 결론을 내렸다. 슈케이의 이러한 우려는 올해에도 이미 곳곳에서 감지되고 있다.

무엇보다도 놀라웠던 것은 웡아인링이 프로그래머직을 사임한다는 소식이었다. 1991년부터 리척토Li Cheuk-to(세계영화 담당), 라우 카Law Kar(홍콩영화 담당)와 함께 팀을 이루면서 홍콩영화제의 프로그램을 한 차원 높였다는 평을 들은 그는 아시아의 모든 영화인이 좋아하는 훌륭한 프로그래머였다. 그는 한국영화에 대해서도 깊은 애정을 보여 왔고, 특히 올해는 한국영화회고전과 '전후 한국영화'라는 주제의 세미나를 마련하기도 하였다. 아마도 중국 정부와의 알력 때문에 사퇴하였을 그의 소식은 한편으로 안타깝기도 하였지만, 필자가 프로그래머를 맡고 있는 부산국제영화제의 기민한 대응 필요성에 따라 마침 홍콩영화제에 참가한 우리 집행위원장의 결단으로 그를 프로그램 어드바이저로 끌어들이는 데에 성공하였다.

이는 부산국제영화제가 앞으로 치열하게 전개될 아시아 지역 영화제들끼리의 경쟁에서 승리하는 데 커다란 도움이 될 유력한 프로그래머를 원군으로 영입하였다는 것을 의미한다. 그의 영입은 이제 막 출발하는 부산국제영화제가 겪을 수많은 시행착오를 최소화하는 데 커다란 도움이 될 것이다.

한편, 홍콩영화제가 쇠락해 가기는 해도 그 독특한 분위기는 계속 남아 있을 것이다. 영화제의 가장 중요한 요소가 프로그래밍이기는 하지만 외적 요소, 즉 영화제 참가자들이 쉽게 어울릴 수 있는 공간의 제공이나, 편리한 교통, 싸고 맛있는 음식 등도 매우 중요하다. 홍콩영화제의 경우 극장들이 비교적 몰려 있어 이동 거리가 짧은 데다 교통수단도 페리, 트램, 더블데크, 지하철, 택시 등으로 다양한 편이다. 특히 홍콩문화센터 Hong Kong Cultural Centre 대극장이 있는 구룡반도와 시청극장이 있는 홍콩아일랜드를 오가는 페리는 가격도 저렴한 데다(약 200원, 그것도 1층으로 내려가면 170원에 불과하다), 배 위에서 바라보는 홍콩의 야경은 너무나도 환상적이다. 이러한 분위기들은 다른 영화제에서는 느낄 수 없는 홍콩영화제만의 개성이며 해외에서 **23** 오는 참가자들 가운데 단골 참가자들이 많은 요인이 되기도 한다. 게다가 20년이 흐르는 동안 관객들의 수준도 점차 높아져 다소 난해하거나 전혀 생소한 영화에도 관객이 몰리며, 상영이 끝난 뒤 감독과의 질의응답 시간에도 열심히 참가하는 모습을 볼 수 있다. 이러한 분위기들이 홍콩영화제를 좋은 영화제로 만드는 데 크게 기여해 왔음은 의문의 여지가 없다.

그동안 홍콩영화제는 아시아 영화문화의 중심지 역할을 충실히 해왔다. 이제 저물어가는 홍콩영화제를 바라보면서 많은 영화관계자들, 특히 아시아의 영화관계자들은 착잡한 심경 속에 대안을 찾고 있을지도 모른다. 아시아 영화문화의 맹주로 부상하려는 일본은 그동안 엄청나게 많은 돈을 투자하였음에도 야마가타 국제다큐멘터리영화제 외에는 성공적인 영화제를 개최하지 못하고 있고, 영화에 대한 마인드도 그다지 진보적이지 못하다. 인도국제영화제는 운영체계가 다소 허술하며, 싱가포르국제영화제 Singapore International Film Festival는 검열 때문에 훌륭한 영화제가 되기에는 한계가 있다. 이러한 시점에 올 9월에 부산국제영화제가 출범한다. 홍콩영화제에 참가한 많은 영화인들도 깊은 관심과 함께 참가 의사를 피력해왔다. 그들이 무엇을 기대하고 있을지는 따로 설명이 필요치 않을 것이다.

홍콩문화센터 ©WiNG

홍콩 국제영화제(1996)

일본영화에서 거장들의 시대는 갔다. 기록영화계마저 오가와 신스케Ogawa Shinsuke 감독의 사후 침체기에 빠져버렸다. 언뜻 일본영화계에는 애니메이션만이 살아 있는 듯 보인다. 하지만 일본영화계는 그 어느 곳보다도 새로운 재능을 발굴하려는 노력과 후원이 활발한 곳이며, 가장 좋은 예가 바로 피아영화제다.

지난해 말 제19회 영화제를 개최했던 피아영화제는 일본의 유력한 잡지사인 《피아Pia》와 도호영화사Toho Company Ltd. 가 같이 주최하는 영화제이며, 대중이 영화를 만들고 보게 하는 '영화적 활동'을 지향하고 있다. 한국의 서울단편영화제는 엘리트주의적인 성격이 강하지만 피아는 순수 아마추어 영화제를 겨냥하는 것. 지난 12월 14일부터 20일까지 도쿄 긴자에 있는 샨테 시네Chanter Cine 에서 열린 올해 영화제의 출품작 수는 총 690편이었다. 이 중 8mm 영화가 267편, 16mm 영화가 97편, 비디오 작품이 326편이었다. 국내에서는 거의 사라진 8mm 영화가 일본에서 여전히 대중적이라는 건 이채로운 일이다.

피아영화제가 아마추어 영화인들의 축제 한마당을 지향하긴 해도 그동안 이 영화제를 거쳐 간 작품과 감독을 살펴 보면 놀랍다. 일본영화에 미친 영향력이 만만치 않기 때문이다. 이시이 소고Ishii Sogo, 나가사키 슌이치 Nagasaki Shunichi, 야마가와

나오토Yamakawa Naoto 등이 이 영화제를 통해 배출됐다. 그러니 피아영화제의 진짜 의의는 영화문화의 저변 확대다. 가장 많은 작품이 몰리는 영화제인 피아영화제는 오늘날 일본의 많은 극장들이 자체적으로 독립영화(일본에서는 '자주영화'라는 표현을 쓴다)의 상영 프로그램을 운영하도록 하는 데 지대한 힘을 행사했다. 도쿄에서만 유로 스페이스Euro Space, 박스 히가시 나카노 BOX Higashi Nakano 등 6개 극장이 영화 상영 프로그램을 정기적으로 운영하고 있는 중이다.

필자는 부산국제영화제 프로그래머의 자격으로 피아영화제에 공식 초청을 받았다. 따라서 올해 피아영화제에서 가장 주목했던 건 특별 프로그램인 신인감독의 작품전이었다. 부산국제영화제에서 운영하고 있는 아시아 신인감독들의 무대인 뉴커런츠 부문에 초청할 작품을 골라야 하기 때문이다. 히데노리 미키Hidenori Miki의 16mm 극영화 〈우타타네Utatane〉를 비롯한 6편의 작품 중 가장 눈길을 끈 작품은 야구치 시노부Yaguchi Shinobu의 〈비밀의 화원My Secret Cache〉이었다. 피아영화제 출신이면서 이번에 극영화 데뷔를 한 야구치의 이 작품은 한마디로 유쾌했다. 돈을 너무나 좋아하는 21살의 은행원 사키코Sakiko가 어느 날 갱들에게 납치됐다가 돈 가방과 함께 깊은 산중에 혼자 구사일생으로 살아남지만 병원에서 깨어난 뒤에도 잃어버린 돈 가방을 찾을 생각뿐이다. 사키코는 어디인지 기억은 못 하지만 산속의

위) 1997년 부산국제영화제에 참여한 <비밀의 화원>의 야구치 시노부 GV
아래) 야구치 시노부 <비밀의 화원>

호수에 빠진 돈 가방을 찾기 위해 병원에서 퇴원한 뒤 대학에 진학해 지질학을 배우고 암벽타기, 스킨스쿠버 다이빙을 배운다. 〈비밀의 화원〉은 일본 메이저 회사인 도호가 제작비를 댄 작품. 도호가 신인감독을 지원하기 위해 만든 프로젝트 'YES'의 두 번째 작품이기도 하다. 영화평론가 도지 아이다 Toji Aida는 야구치 감독을 '낙하'의 작가라고 표현했다. 단편영화 〈우녀 The Rain Women〉 촬영 때 7m 높이에서 떨어진 이력이 있기도 한 그의 작품에서는 늘 여주인공이 어디선가 떨어진다는 것이다. 그러나 이 작품에서는 '추락'과 함께 '오르기'가 함께 등장한다. '오르기'의 결말은 사키코의 자아 발견. 무엇인가를 끊임없이 배운다는 것 자체가 인생이라는 것이다. 결코 표현이 쉽지 않은 주제를 야구치는 아주 재미있게 풀어냈다. 올봄에 이 작품이 개봉되면 흥행에서도 무난한 성적을 거둘 것으로 보인다.

나가오 나오키 Nagao Naoki의 극영화 〈철탑 무사시노선 Steel tower, Musashino Line〉은 어린이의 세계를 다룬 작품이다. 부모가 이혼해서 아버지와 떨어져 살게 된 어린 소년 미하루 Miharu는 어느 날 마을 어귀에 있는 철탑 무사시노선 75번을 보면서 1번은 어디에 있을까라는 의문을 품고 단짝인 친구 아키라 Akira와 함께 1번 철탑까지 자전거 여행을 한다. 이 영화는 성장 영화지만 흥미로운 소재임에도 불구하고 후반부로 갈수록 이야기 전개가 다소 느슨해지는 아쉬움을 줬다. 감독 나가오 나오키는 제1회 피아영화제 출신으로 〈도쿄의 휴일 Tokyo

을 만든 것. 하지만 흥행에는 좋은 성적을 거둘지는 미지수이다.

올해 피아영화제의 또 다른 특별 프로그램은 '후쿠오카 실천영화 워크숍' 작품전이었다. '후쿠오카 실천영화 워크숍'은 부산국제영화제에 〈물속의 8월 August In The Water 〉을 출품한 이시이 소고 감독이 지방의 영화제작을 활성화시킬 야심을 품고 93년에 고향인 후쿠오카에 세운 민간단체이다. 지금까지 이시이 소고를 비롯해 쓰카모토 신야 Tsukamoto Shinya, 마쓰오카 조지 Matsuoka Joji, 촬영감독 가사마쓰 노리미치 Kasamatsu Norimichi 등이 강사로 참여했는데 올해 처음으로 피아영화제에 생산물을 선보인 것이다. 2편의 비디오 작품과 1편의 35mm 단편영화가 소개됐으며 이 중에 〈모자 쓴 남자 The Hatman 〉(우치다 후미코 Uchida Fumiko 연출)이라는 35mm 단편영화는 올해 부산국제영화제에 초청을 하고 싶을 정도로 흥미로운 작품이었다. 어느 날 한 젊은이의 머리에 싹이 돋고 점차 자라나는데 이걸 가리기 위해 쓰기 시작한 모자의 높이도 점점 커진다는 내용. 색채 감각과 촬영이 뛰어났다. 이시이 소고는 이 영화를 제작하는 가운데 자신의 신작 〈꿈의 미로 Labyrinth Of Dreams 〉를 완성시키기도 했다. "내 영화를 만드는 것보다 후배들의 작업을 제작하는 게 훨씬 어려웠다"고 이시이 소고는 하소연했다. 그렇더라도 현역 감독이면서 후배를 양성하는 프로젝트를 이끌어 나가는 그의 활동은 여러모로 아주 귀중해 보였다.

일본영화의 흐름을 알 수 있는 또 다른 창구는 가와키타 기념영화문화재단(이하 '가와키타재단')이다. 일본영화가 해외에 소개될 때 각 영화제의 프로그래머들이 가장 도움을 많이 받는 곳이 이곳이다. 가와키타재단은 일본 유수의 영화배급사인 도와사Towa Company가 설립한 영화자료조성협의회Film Library Grant Council가 그 전신이다. 도와의 사장이었던 가와키타 나가마사Kawakita Nagamasa가 프랑스 파리 시네마테크를 방문하고 깊은 감명을 받아 60년 사재를 털어 영화자료조성협의회를 만들었다. 그가 81년에 사망한 뒤 영화자료조성협의회는 가와키타재단으로 이름이 바뀌었고, 지금은 가와키타 나가마사의 아내인 가와키타 가시코Kawakita Kashiko 여사가 운영을 맡고 있다. 일본의 영화문화가 풍부해질 수 있었던 건 바로 이런 민간 차원의 활동 때문이다.

가와키타재단은 보통 신작의 프린트에 영어자막을 넣고 자체 시사실에서 해외의 프로그래머나 일본 영화관계자들에게 작품을 볼 수 있도록 하고 있다. 필자의 경우 1년에 두 번 정도 이곳을 방문하여 한 해 동안 제작된 중요한 일본영화의 대부분을 보고 일본영화의 흐름을 파악하며 부산국제영화제에 초청할 작품을 선정했다. 가와키타재단에서 미처 준비하지 못해 볼 수 없는 영화는 제작자나 감독과 직접 접촉하거나 가와키타재단에서 따로 비디오를 준비해두기도 한다. 이번에 방문했을 때 가와키타재단에서는 모두 17편의 영화를 준비해두고 있었다. 대부이 중 우선 관심이 가는 작품은 여성감독 가와세 나오미_{Kawase Naomi}의 데뷔작 〈수자쿠_{Suzaku}〉였다. 전래의 관습에서 벗어나 다양한 실험까지도 허용하는 위성방송 와우와우 _{WOWOW}의 'J 무비워' 프로젝트를 통해 제작된 작품이다. J무비워 프로젝트는 유망한 신인과 능력 있는 감독에게 일정한 주제를 주는 대신 저예산 영화를 만들게 하는 프로젝트. 96년이 4회째이며 '일본과 일본가족'이라는 주제가 주어졌다.

그중 한 편인 〈수자쿠〉는 나라현의 산간 마을 니시요시노_{Nishi-yoshino} 마을의 한 가족에 대한 이야기를 그리고 있다. 가장인 고조_{Kojo}와 그의 어머니, 아내 이스요_{Isuyo}, 딸 미치루_{Michiru}, 그리고 도시로 떠나버린 누이의 아들 에이스케_{Eisuke}는 산간 마을에서 평범한 삶을 꾸려가지만 마을의 살림살이는 점차 궁핍해진다. 유일한 희망이었던 새 철도의 건설 계획도 무산된다. 어느 날 고조는 8mm 카메라를 들고 폐쇄된 터널을 찍으러 갔다가 실종된다. 그 뒤 청년으로 자란 에이스케와 이스요, 그리고 미치루 사이에는 미묘한 감정이 교차되고 마침내 이스요는 미치루를 데리고 친정집으로 떠나기로 한다. 인구의 감소와 그로 인한 경기 침체로 전통적인 가족 관계마저 붕괴돼가는 일본의 시골 현황을 다룬 이 얘기는 그러나 지극히 잔잔한 터치로 전개돼 나간다. 출연자 대부분이 비전문배우인 탓도 있겠지

FESTIVAL DE CANNES
2007 칸느 영화제 심사위원 대상 수상
2007 칸느 영화제 황금종려상 노미네이트
2008 마이니치 필름 콩쿨 최우수촬영상

햇살 속에, 나뭇잎 사이에, 바람 결에
너와 나의 시간을 묻는다

다시 만나기 위해

너를 보내는 숲
THE MOURNING FOREST

2008년 4월 대개봉

가와세 나오미 감독의 <수자쿠> 한국 포스터

만 가와세 나오미 감독은 감정의 굴곡을 거의 드러내지 않은 채 **34**
말 그대로 다큐멘터리 스타일의 연출을 고수하고 있다.

　　이는 다큐멘터리를 줄곧 만들어 온 그녀의 이력과도 무
관하지 않을 것이다. 어린 시절 헤어졌던 자신의 아버지를 찾
아나서는 과정을 다룬 8mm 다큐멘터리 〈달팽이: 나의 할머니
Katatsumori〉(1995)로 야마가타 국제다큐멘터리영화제에서 호평
받은 바 있는 그녀는 이 다큐멘터리보다 더 다큐멘터리적인 스
타일을 〈수자쿠〉에서 고수하고 있다. 가족 간의 미묘한 감정
의 흐름 처리도 그렇거니와, 감독이 얘기하고자 하는 사라져가
는 자연과 가치관에 대한 주제를 실종된 고조의 카메라에 담긴
필름을 통해 드러내는 연출 기법도 독특하다(이 장면에는 니시요
시노 마을의 풍경과 이곳에 살고 있는 실제 주민들의 모습이 고스란히 담
겨 있다). 하지만 관객은 이야기 속에 몰입하기 쉽지 않을 듯하
다. 관객들은 아마도 너무 잔잔해서 마치 아무런 사건도 없이
영화가 전개되는 느낌을 받을 것 같다.

　　〈탄환주자 Dangan Runner〉는 기발한 소재로 눈길을 끈
작품이다. 편의점에서 과자 한 봉지를 훔치다가 점원에게 들
켜 도망가는 야스다 Yasuda와 그를 쫓는 편의점 점원 아이자와
Aizawa가 있다. 이들은 실수로 길 가던 행인을 죽이게 되고, 보
스의 피살을 막지 못해 좌절감에 빠져 있던 얼치기 야쿠자 다케
다 Takeda가 이 광경을 우연히 목격하고는 이들을 뒤쫓기 시작한
다. 세 사람의 쫓고 쫓기는 과정이 줄거리의 전부. 기발한 장면

이 하나 있다. 세 사람이 열심히 달리다가 우연히 떨어진 물건을 줍는 미니스커트의 여성을 스쳐 지나가게 된다. 이때 세 사람은 각자 그 여자와의 섹스 장면을 떠올리며 더 열심히 달린다. 숨이 막히도록 달렸으면서도 성적 환상이 그들에게 새로운 에너지를 준 것이다. 이처럼 이 작품에서 이야기하는 감독 사부 Sabu의 메시지는 단순하다. 인생의 즐거움이란 정신이 아니라 육체에서 비롯된다는 것이다.

또 다른 신인감독으로 이사카 사토시 Isaka Satoshi가 있다. 지난해에 일본에서 개봉되어 흥행에서도 좋은 성적을 거둔 〈포커스 Focus〉가 그의 데뷔작이다. TV뉴스 연출자가 제작팀과 함께 도청 마니아 가네무라 Kanemura를 취재하다가 우연히 야쿠자

이사카 사토시 감독의 〈포커스〉

의 통화를 엿듣게 되고, 그들의 권총을 입수하게 되어 그 총으 **36**
로 살인 사고까지 저지른다. 여태껏 연출자의 요구에만 고분고
분 따르던 가네무라는 돌변하여 권총을 연출자에게 들이대고
시키는 대로 따를 것을 명령한다. 그리고 이 모든 과정을 TV뉴
스 카메라에 담는 식으로 보여준다. 곁가지 이야기는 전혀 없
다. 하지만 주제는 분명하다. 현대사회에서의 매스컴의 횡포를
신랄하게 비판하고 있는 것이다. 이 작품은 '삿포로영상세미나
Sapporo Image Seminar'에 제출된 시나리오 가운데 하나를 영화화
한 작품이기도 하다. 삿포로영상세미나는 해마다 일본 전역에
서 공모한 시나리오 가운데 10편을 뽑고 그 작가를 세미나에 초
대하여 영화계 전문 스태프들과 함께 영화화가 가능하도록 지
원하는 행사이다. 1994년에 응모된 작품 가운데 신 가즈오Shin
Kazuo의 시나리오를 영화화한 작품이 바로 〈포커스〉다. 이러
한 방식의 시나리오 발굴 작업 또한 충분히 눈여겨볼 만하다.

　　이밖에 16mm 장편 〈슬랩 해피Slap Happy〉도 눈길을 끌
었다. 최근 'TV간사이'는 간사이 지방의 젊은 감독들에게 제작
비를 내주고 그 작품을 TV를 통해 방영하는 제작 시스템을 만
들었는데 그 첫 결과물이 미하라 미쓰히로Mihara Mitsuhiro의 〈슬
랩 해피〉이다. 오사카예술대학 영상학부를 졸업한 미하라는
1993년에 〈바람의 왕국The Kingdom of the Wind〉으로 제8회 후쿠
오카아시아영화제Fukuoka Asian Film Festival 대상을 수상한 바 있기
때문에 TV간사이의 제작 프로그램의 첫 수혜자가 될 자격은 갖

추고 있었던 셈이다. 내용은 대학에 진학하기 위해 시골에서 오사카로 올라와 학원에 다니면서 밤에는 편의점에서 일하는 청년 마사오 Masao가 편의점에서 만나게 되는 여러 부류의 사람들, 즉 야쿠자를 괴롭히는 필리핀 여자, 버르장머리 없는 부잣집 젊은이들, 아내가 가출한 가게 주인들과의 관계를 사실적으로 그리고 있다.

아시아영화계에서 손짓하는 일본: 피아영화제가 한국 영화평론가에게 준 인상

확실히 일본영화는 최근 아시아에 대해 관심이 많은 것 같다. 일본국제교류기금 Japan Foundation이나 NHK가 아시아 각국의 재능 있는 감독에게 제작비를 투자하는가 하면 아시아영화제도 끊이지 않고 개최되고 있다. 거기다가 아시아 각국과 일본의 관계를 조망해보는 작품도 어렵지 않게 찾아볼 수 잇는데, 〈슬랩 해피〉 같은 영화의 경우 미하라 감독은 아마도 일본인의 잃어버린 인간애를 여타 아시아인들로부터 찾으려 하는 것은 아닌가라는 느낌이 들었다. 하지만 이 작품에 가장 관심이 가는 부분은 역시 제작 방식이다. 일본영화계가 여전히 침체해 있다는 평가에도 불구하고 다양한 방식으로 재능을 발굴해내려는 노력이 꾸준히 지속되고 있다는 점에서는 미래가 어둡지만 않은 것이다.

37　　더군다나 이제는 〈슬랩 해피〉나 'J무비위' 프로젝트의

예에서도 볼 수 있듯이 유럽처럼 TV 산업과의 연계를 통해 신
인감독에게 기회를 주고 있다. 일본영화계는 이 같은 물적 토대
의 구축과 함께 일본영화의 해외 진출에 관해서도 싹을 틔우려
하고 있다. 사실 일본영화계의 가장 취약한 분야 가운데 하나가
해외 진출이었다. 어쩌면 우리와 별다를 바 없는 후진적 상황에
놓여 있다고 해도 과언이 아닐 것이다.

  지난 12월 16일에 이런 열악한 상황을 타개하려는 작지
만 의미 있는 세미나가 도쿄에서 열렸다. 일본국제교류기금이
후원하고 비평가 니시무라 다카시Nishimura Takashi와 재일동포 배
급업자 주경순 씨 등 5명이 참여한 'UP TO NOW 97'이라고 하
는 프로젝트에 관한 세미나였다. 니시무라는 제1회 부산국제영
화제에 세미나 패널로 참가했었다. 'UP TO NOW 97'은 일본 독
립영화의 해외 진출을 돕기 위한 프로젝트로 1997년에 열리는
베를린영화제에 일본 독립영화 부스를 만드는 것으로 그 사업
을 시작한다고 한다. 물론 이러한 프로젝트가 당장 커다란 효과
를 거두리라고 보지는 않는다. 그 가장 큰 요인은 일본 내에 일
본영화 국제마케팅 전문가가 그다지 많지 않기 때문이다. 하지
만 시도 자체는 매우 의미 있다고 본다. 일본의 독립영화 한두
편이 그러한 프로젝트를 통해 해외에 진출하는 것도 의미가 있
겠지만 마케팅 전문가를 키우는 방법이 될 수도 있을 것이기 때
문이다.

  최근 국내에서도 차츰 활성화되고 있는 독립영화나 저

예산 영화의 기반을 더욱 다지기 위해 이러한 해외 진출은 하루 빨리 모색되어야 할 것으로 보인다. 하지만 우리에게는 이 방면의 전문가가 거의 없다고 해도 과언이 아니다. 때문에 필연적으로 부산국제영화제가 일정 부분 그 역할을 담당해야 할 것으로 보인다. 그런데 가와키타의 해외 담당 하야시 가나코는 오히려 그보다 더 많은 기대를 부산국제영화제에 대해 가지고 있었다. 그녀에 따르면 일본영화의 해외 진출은 여전히 열악한 상황에 놓여 있는데, 영화제 가운데에서 도쿄영화제가 그 기능을 제대로 수행하지 못하고 있는 현실에서 그동안 홍콩영화제에 상당 부분을 의존해 왔다는 것이다.

가와키타기념영화문화재단 ⓒkawakita-film.or.jp

하지만 올해 홍콩이 중국에 반환되고 나면 홍콩영화제의 장래가 어떻게 될지 모르기 때문에 부산국제영화제에 더욱 기대를 걸고 있다는 것이다. 이는 결코 빈말이 아니었다. 피아 영화제에 만난 많은 감독, 제작자, 배급업자들이 부산국제영화

제의 성공을 축하해주며 2회 때에는 꼭 참가하고 싶다는 의사 **40**
를 피력해왔다. 하야시 가나코는 부산국제영화제가 끝나고 난
이후 일본의 각 언론 매체에서 보도한 부산국제영화제 관련 기
사를 복사해주었다. 《아시히신문》이나 《니혼게이자이신문》 등
에서 지면의 상당 부분을 할애하고 있었으며, 특히 일본에서 최
고의 권위를 자랑하는 영화전문지 《키네마준포》는 4쪽에 걸쳐
부산국제영화제를 다루고 있었다. 이는 부산국제영화제가 일
본 내에서 아시아 영화의 흐름을 감지하는 방향타 역할을 하고
있음과 동시에 중요한 의미로 받아들여지고 있음을 말한다.

지난해까지만 해도 해외의 국제영화제에 참가했을 때
왜 한국에는 국제영화제가 하나도 없냐는, 다소 모멸감을 느끼
게 하는 질문을 받았으나 이제 상황이 이렇게까지 바뀐 것이다.
1996년 연말, 도쿄에서 일본영화를 집중적으로 살피면서 부산
국제영화제의 역할과 미래를 다시 한번 생각하게 되었다. 앞으
로도 많은 영화제가 우리에겐 필요한 것이다.

[씨네21 89호 기고] **언어의 미로 속에서 영화 찾기**

**부산국제영화제 프로그래머 김지석 씨의 제28회 인도국제
영화제 참관기**

연간 800여 편의 영화가 만들어지고 게다가 25개 정도
의 언어로 영화가 제작되는 인도에서 인도영화의 전모를 파악
한다는 것은 불가능에 가깝다. 일종의 뮤지컬인 '마살라영화
Masala Movie'에서부터 동남부 예술영화까지 제작 편수만큼이나
다양한 영화가 존재하기 때문이다.

28회째를 맞는 인도국제영화제(이하 '인도영화제')는 뉴델
리와 각 지방 도시를 번갈아 가며 개최되는데, 올해에는 서남부
케랄라주의 주도 트리반드룸에서 지난 1월 10일부터 20일까지
열렸다. 비경쟁으로 치러지는 이번 인도영화제에는 '인도영화
파노라마', '세계영화', '아시아영화의 전망', '라틴아메리카영화
의 전망' 외에도 남아프리카영화나 크쉬시토프 키에슬로프스키
Krzysztof Kieslowski, 모흐센 마흐말바프Mohsen Makhmalbaf, 마르첼로
마스트로야니Marcello Mastroianni 회고전 등과 같은 특별전이 마련
됐다.

이처럼 다채로운 프로그램에도 영화제 운영은 엉성하기
짝이 없었다. 공식 초청자인 임권택Im Kwon-taek 감독과 김동호
Kim Dong-ho 부산국제영화제 집행위원장을 엉뚱한 호텔로 안내
41 하는가 하면 예정된 스케줄이 수시로 바뀌곤 했다.

게다가 극장 지도도 없을뿐더러 영화제 카탈로그의 영화상영 일정은 영화제 전반부인 1월 15일까지밖에 나오지 않았다. 영화제가 지방에서 열릴 경우 대부분의 스태프를 그 지방에서 충원하기 때문에 영화제 경험이 전무한 스태프가 대부분이라는 것. 전기 공급 사정도 과히 좋지 못해서 영화 상영이 간혹 중단되기도 했다. 결국 인도영화제는 게스트들이 알아서 적응해야만 하는 영화제였다.

한번은 메인극장 건너편에 있는 인도 정통 레스토랑에 식사를 하러 들어간 적이 있었다. 대낮인데도 실내가 너무 어두워 돌아 나오려 하자 웨이터가 자리를 안내해 주었다. 전기 사정 때문이 아니라 햇빛이 드는 창 쪽 커튼을 일부러 쳐두고 있었던 것인데, 그에게 이유를 물어보았다. 웨이터 왈, "조금만 계시면 모든 게 잘 보일 겁니다." 인도영화제에선 전혀 상상도 못했던 일들을 종종 경험하곤 했는데, 시간이 좀 더 지나면서 오히려 그런 경험들이 재미있게 느껴지기 시작했다.

한국영화는 임권택Im Kwon-taek 감독의 〈축제Festival〉와 박철수Park Chul-soo 감독의 〈학생부군신위Farewell My Darling〉, 임순례Yim Soon-rye 감독의 〈세친구Three Friends〉가 초청되었다. 임권택 감독은 각종 언론 매체로부터 집중적인 취재 대상이 되었는데, 그도 그럴 것이 몇 년 전에 〈씨받이The Surrogate Womb〉가 개봉하여 무려 5개월간이나 장기 흥행했던 것이다. 그래서 그

인도에서 5개월간 장기 흥행한 <씨받이>

들은 〈축제〉보다 〈씨받이〉에 대한 질문을 더 많이 했다.

영화제 기간에 만난 인도 영화계 인사들 가운데 우리를 가장 반겨준 사람은 감독 아두르 고팔라크리슈난Adoor Gopalakrishnan이었다. 지난 제1회 부산국제영화제에 〈남자이야기Man Of The Story〉로 초청받아 부산에 왔던 그는 바로 이곳 트리반드룸에 살고 있었고, 케랄라주를 대표하는, 가장 존경받는 감독이었다. 고팔라크리슈난은 김동호 위원장과 임권택 감독, 그리고 필자를 자신의 집으로 초대하였다.

전통적인 케랄라 양식으로 지어진 그의 저택은 웅장하였다. 그의 집안으로 들어서는 순간 깜짝 놀라고 말았다. 76살의 노감독 므리날 셴Mrinal Sen이 거기에 있었던 것이다. 샤티야지트 레이Satyajit Ray, 리트윅 가탁Ritwik Ghatak과 함께 '뉴 인디언 시네마New Indian Cinema'의 시대를 열었고 현존하는 인도의 최고령 감독, 가장 존경받는 감독이 그였다. 아직도 왕성한 작품 활동을 하고 있는 그는 최근까지도 〈안타린The Confined〉(1993)과 영화 100주년 기념 다큐멘터리로 인도의 영화사를 다룬 〈쇼는 계속되고And the Show Goes On〉(1996)를 발표한 바 있다.

76살의 고령에도 힘찬 목소리와 지적인 풍모를 지닌 그에게선 과연 인도를 대표하는 대가답다는 인상이 풍겼다. 그리고 얼마 후 또 한 사람의 대가, 시암 베네갈Shyam Benegal이 들어섰다. 현재 인도에서 명실공히 가장 영향력 있는 감독인 그는

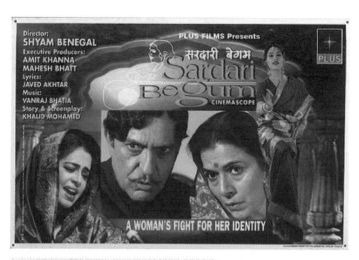

시암 베네갈 감독의
<사르다리 베굼>(위)과
<마하트마의 완성>(아래)

45

이번 영화제에 〈사르다리 베굼 Sardari Begum 〉과 〈마하트마의 **46**
완성 The Making of the Mahatma 〉등 2편의 작품이 초청되었다. 케랄
라의 전통음식을 들며 화기애애한 시간을 가졌던 이날의 자리
는 동부지역 캘커타의 므리날 센, 서부지역 봄베이의 시암 베네
갈, 남부지역 트리반드룸의 아두르 고팔라크리슈난 등 현대 인
도영화를 대표하는 거장들과 한국영화를 대표하는 임권택 감독
이 모인 그야말로 인상적인 회합이었다.

영화제에서 만난 사람 가운데 가장 인상적인 사람은 일
본에서 온 마쓰오카 다마키 Matsuoka Tamaki 였다. 현재 일본에서
비정기적으로 열리는 인도영화제 실행위원회 사무국장이면서
시네마아시아사 대표이기도 한 그녀는 1975년에 인도로 건너
가 힌디어를 공부하였고, 현재 그녀가 구사하는 인도어는 힌디
어 외에도 벵골어, 타밀어 등이 있다(그녀는 인도어 외에 중국어, 말
레이어, 러시아어, 영어, 페르시아어 등을 할 줄 안다).

인도영화를 일본에 소개하고 수입하는 일에 주력해 온
그녀는 지난 13년간 단 한 번을 제외하고 계속 인도영화제에 참
가해 왔다. 인도 전통의상 차림의 그녀는 분명 경이로운 인물이
었다. 앞으로 일본이 아시아영화의 맹주가 되는 것은 시간문제
아닐까 라는 두려움조차 느끼게 만들었다. 가와사키시민박물
관 Kawasaki City Museum 이나 후쿠오카종합도서관 Fukuoka City Public
Library 에서는 아시아 각국의 영화 프린트를 부지런히 계속 사

모으고 있는 중이다.

그리고 또 하나, 자신의 작품을 해외에 알리려는 인도 영화감독들의 노력은 가히 필사적이었다. 게다가 그들은 대부분 영어를 할 줄 알았다. 그래서 필자의 호텔에 끊임없이 전화를 해서 자신은 누구이며, 어떠한 작품을 만들었는데 부산국제영화제에 참가할 수 있겠는가 하는 질문들을 해왔다. 물론 그들에게 일단 비디오테이프를 보내주면 초청 여부를 결정하겠다는 답변을 해줄 수밖에 없었다. 인도영화제를 내실 있는 영화제였다고 자신 있게 말할 수 있는 것은, 이 영화제가 겉으로는 다소 어수선해 보이긴 했지만 영화제를 통해 얻을 수 있는 모든 것을 얻고 있었기 때문이다.

[씨네21 89호 기고] **침체와 부흥, 정체성 위기: 영화제를 통해 본 영화 대국 인도의 영화 현황**

인도영화는 여전히 풍성하다. 우선 기록만 봐도 그렇다. 최근 몇 년간의 제작 편수는 85년 912편, 90년 948편, 92년 836편, 95년 795편, 그리고 지난해 11월 말까지 545편의 극영화가 만들어졌고 단편영화는 757편이 제작됐다. 일반적으로는 가장 대중적인 힌디어 영화가 제일 많이 제작되었을 것 같지만 현실은 그렇지도 않다. 1996년 11월까지의 통계를 보면 텔레구

47

어 영화가 122편으로 가장 많고, 타밀어가 103편, 그리고 힌디 **48**
어 영화가 102편으로 그 뒤를 잇고 있다. 이어 칸나다어가 72
편, 이번 영화제가 열린 케랄라주의 언어인 말라얄람어 영화가
53편, 벵골어 30편, 영어 14편 등이다.

인도의 대중적인 영화 장르인 소위 '마살라영화'는 여전
히 그 관습과 공식을 확실하게 지키고 있다. 노래와 춤, 사랑,
액션, 추적 신이 반드시 들어가는 이러한 류의 영화는 인도영화
초창기부터 전혀 변함이 없는 것이다. 비록 형식이 획일화되어
있긴 하지만 인도영화는 200여 개의 언어와 수를 헤아릴 수 없
을 많은 신을 모시는 나라답게 이야기도 무궁무진하기 때문에
대중의 꾸준한 사랑을 받고 있는 것이다.

하지만 인도영화의 진면목은 소위 뉴인디언 시네마에서
그 수준을 확인할 수 있다. 오늘날 인도영화의 대표적 감독으
로는 벵골 지방의 므리날 센Mrinal Sen, 부다뎁 다스굽타Buddhadeb
Dasgupta, 케랄라 지방의 G. 아라빈단G. Aravindan, 아두르 고팔라
크리슈난Adoor Gopalakrishnan, 봄베이의 시암 베네갈Shyam Benegal,
카르나타카의 기리쉬 카사라발리Girish Kasaravalli 등을 꼽을 수 있
다. 이중 시암 베네갈의 최근작 두 편은 다소 실망스러웠다. 마
하트마 간디의 남아프리카 시절을 다룬 〈마하트마의 완성The
Making of the Mahatma〉은 지나치게 스토리텔링 위주인 데다 기술
적으로 미흡한 부분들이 많았다.

부다뎁 다스굽타의 경우는 〈붉은 문Red Door〉이 이번

영화제에 초청됐다. 캘커타의 한 치과의사가 아내와 겪는 갈등을 통해 어린 시절을 되돌아보는 내용의 이 작품은 역시 그의 전작들에 비해 힘이 많이 떨어지는 편이었다. 민감한 사회문제를 리얼한 터치로 그려내어 진보적인 감독으로서의 명성을 쌓아왔지만 이번 작품은 전혀 성격이 다른 작품이었다.

이번 영화제에 말라얄람어 영화는 아두르 고팔라크리슈난의 〈남자이야기 Man of The Story〉와 함께 자야라지 Jayaraj의 〈지혜로의 여행 Journey to Wisdom〉, 시비 말라일 Sibi Malayil의 〈카나키나부 Kanakkinavu〉 등 모두 5편의 장단편이 초청되었다. 케랄라 지방은 나름대로 수준 높은 영화문화의 자부심을 강하게 지니고 있는 곳이기도 하다. 7, 80년대에 존재했던 영화단체 film society가 1백여 개를 헤아릴 정도로 케랄라 지방은 영화운동이 활발하기로 유명한 곳이기도 하다. 그래서 이번 영화제에서는 '인도영화 파노라마' 외에 말라얄람어 영화의 역사를 되짚어보는 '말라얄람어영화 특별 회고전'을 열기도 했다.

전반적으로 인도영화의 현황은 서부지역의 침체, 동부지역의 부흥, 남부의 정체성 위기로 요약할 수 있다. 한때 전성기를 누렸던 서부지역 마라타어, 구자라트어 영화는 점차 편수가 줄어들어 지금은 한 해에 10편을 넘기기가 힘든 반면, 동부는 므리날 센, 부다뎁 다스굽타 외에도 고탐 고쉐 Goutam ghosae나 말라이 바타차리야 Malay Bhattacharya, 그리고 〈4월 19일 Nineteenth

April〉로 제1회 부산국제영화제에 초청된 바 있는 리투파르노 고쉬 Rituparno Ghosh, 아파르나 셴 Aparna Sen 등 그야말로 쟁쟁한 감독들이 지금도 활발히 활동을 하고 있다.

한편 남부는 아두르 고팔라크리슈난이나 샤지 카리라스 Shaji Kailas 등과 같은 실력파 감독들이 있기는 하지만 대체로 모방이 성행하고 있어 비판을 많이 받고 있다. 이러한 가운데서도 '인도영화 파노라마' 부문에 초청된 작품은 모두 15편으로, 예년의 20여 편에 비해 부족한 숫자였다. 이 때문에 많은 논란이 있었는데, 아몰 팔레카 Amol Palekar, 아파르나 셴 등과 같은 몇몇 실력파 감독들은 일반 극장을 빌려 자신의 작품을 상영하기도 하였다. 이 중 가장 관심을 끌었던 아파르나 셴의 〈바다의 이야기 Abhishapta Prem〉가 1월 13일 영화제 게스트를 대상으로 트리반드룸 근교의 타란지니 스튜디오 Tharangini studio에서 시사회를 갖기로 했다. 하지만 정전으로 인하여 이 시사회는 취소되고 말았다(적응, 또 적응!).

올해 제2회 부산국제영화제의 야외상영 부문에 적합한 가족 영화를 찾기 위해 어린이 영화를 관심 있게 보았는데, 파노라마 부문에 나온 산토시 시반 Santosh Sivan 감독의 힌디어 영화 〈할로 Halo〉가 눈길을 끌었다. 잃어버린 강아지를 찾아 헤매는 소녀의 이야기를 다룬 영화였다. 이미 1955년에 초대 수상 자와할랄 네루 Jawaharlal Nehru가 어린이영화협회 Children's Film Society를 만든 바 있고, 이 단체는 이후 국립 어린이/청소년 영화센터

National Centre of Films for Children and Young People로 개편되어 지속적으로 어린이영화 및 TV 프로그램을 만들고 있으며 1979년부터는 격년제로 각 지방을 돌며 국제어린이영화제를 개최하고 있다.

다큐멘터리나 단편영화도 활발하게 제작되고 있다. 이번 영화제에서는 인도 영화사를 78분에 요약한 다큐멘터리 〈플래쉬백 Flashback〉(야시 차우다리 Yassi Chowdhury), 인도의 다큐멘터리 역사를 담은 다큐멘터리 〈렌즈를 통해 본 Through a Lens Starkly〉(쿨딥 신하 Kuldeep Sinha) 등이 눈길을 끌었다. 인도는 다큐멘터리나 단편영화에 대한 정부의 제작 지원이 활발한 편이다. 정부 산하 영화국에서는 격년제로 뭄바이(옛 봄베이) 국제 단편, 다큐멘터리, 애니메이션영화제를 개최하는가 하면 제작비도 지원하고 있다. 95년 11월부터 96년 10월까지 영화국은 모두 86편의 단편, 애니메이션, 다큐멘터리영화를 제작, 지원한 바 있다.

이번 영화제에서 가장 화제가 된 작품 중 하나는 디파 메흐타 Deepa Mehta의 〈파이어 Fire〉였다. 캐나다와 인도 합작품인 이 작품은 인도 사회의 레즈비언이라는 놀라운 내용을 다루고 있다. 뉴델리에서 조그만 식당과 비디오 가게를 함께 운영하는 아쇼크 Ashok와 그의 아내 라다 Radha 사이에는

51 아이가 없는 데다 정신적 가치를 더 중

디파 메흐타 감독의
〈파이어〉

요하게 생각하는 남편 때문에 성생활도 거의 이루어지지 않는 **52** 다. 한편 아쇼크의 동생 자틴Jatin과 갓 결혼한 시타Sita 역시 남편의 외도 때문에 상처를 받는다. 라다와 시타는 서로를 위로해 주다 사랑하는 사이로까지 발전하고, 둘의 관계를 알게 된 아쇼크에게 라다는 결별을 선언한다. 하지만 격분한 아쇼크에 의해 라다의 옷에 불이 붙게 되고, 라다는 구사일생으로 살아남는다. 그리고 그녀는 빗속에서 자신을 기다리는 시타에게 달려가 그녀의 품에 안긴다.

이 작품의 주제에 대해 감독 디파 메흐타는 관객이 짐작하는 것처럼 페미니즘이나 레즈비언이 주요 이슈가 아니라 현대 인도사회에서의 전통과 현대적 가치의 갈등을 다루고 있다고 밝히고 있다. 아울러 남자들은 인도사회의 전통적 가치, 특히 가부장제 이데올로기의 희생자라는 점을 부각시키고자 했다고 말하고 있다. 사실 이 작품은 배경이 인도이기는 하지만 내용이나 스타일은 서구영화에 훨씬 더 가깝다. 서구에서 자라고 교육받은 디파 메흐타에겐 인도인으로서의 정체성과 서구적 사고방식이 혼재돼 있는 것으로 보인다. 현대 인도사회에서 레즈비언 인구가 얼마나 되는지 또 그것이 얼마나 이슈화되고 있는지 알 수는 없지만 전통과 현대적 가치의 갈등을 레즈비언의 관계로까지 이끌어내는 것은 인도영화에서는 아직 발견하기가 어렵다. 이처럼 전통적인 인도영화와는 다른 영화라는 점 때문에 극장은 발 디딜 틈 없이 관객으로 꽉 메워졌다.

시적 리얼리즘 영화의 전범: 인도영화제에 온 이란 감독 모흐센 마흐말바프

이번 영화제에서 무엇보다도 필자의 관심을 끈 프로그램은 이란 감독 모흐센 마흐말바프 Mohsen Makhmalbaf 특별전이었다. 이번 영화제에 소개된 아시아영화의 경우 15편 가운데 10편이 이미 제1회 부산국제영화제에서 소개된 데다 별 뚜렷한 작품이 없었던 터라 압바스 키아로스타미 Abbas Kiarostami와 쌍벽을 이루는 마흐말바프의 주요 작품을 일별해볼 수 있는 이번 기회는 무척 소중했다. 더군다나 지난 제1회 부산국제영화제에 그의 〈살람 시네마 Salaam Cinema 〉를 초청하려다가 배급사의 무리한 요구로 무산된 적이 있어 더더욱 그의 작품을 관심 있게 지켜보았다.

최근작 〈가베 Gabbeh 〉를 비롯한 6편이 소개된 이번 특별전에서 가장 눈에 띄는 작품은 〈순수의 순간 A Moment Of Innocence 〉(1996)이었다. 과거 샤 Shah 정권 시절 반정부 투쟁을 하다가 투옥된 바 있는 마흐말바프는 당시 경찰이었던 한 배우 지망생과 함께 과거로 돌아가 자신과 그 경찰이 마주치는 순간을 극화하기로 한다. 이를 위해 그 전직 경찰과 영화에 관해 의논하는 과정, 자신들의 젊은 시절을 연기할 젊은이들에게 연기 지도를 하며 영화를 만들어나가는 과정, 그리고 영화 속의 허구 부분을 번갈아 가면서 보여준다. 영화 속 허구의 마지막 장면은

53

모흐센 마흐말바프 감독의 <순수의 순간>

경찰과 마흐말바프가 서로 총을 쏘고 칼을 찌르기로 되어 있었지만 이 장면을 연기하던 두 젊은이는 비록 영화 속의 장면이라 할지라도 살인을 해서는 안 된다는 순수한 동기에 결국 꽃과 빵을 내미는 것으로 설정을 바꾸고 만다. 물론 이 마지막 장면도 허구, 현실과 극 중 내용이 혼합되지만 사실은 그 현실도 감독이 의도해낸 허구인 것이다.

이 작품에서 특히 이채로웠던 것은 영화 속 전직 경찰 미하디 타예비Mirhadi Tayebi에 관한 부분이었다. 마흐말바프의 1994년 작 〈살람 시네마Salaam Cinema〉란 작품이 있는데, 이 작품은 배우가 되기 위해 오디션을 받는 연기 지망생들의 모습을 재미있게, 그리고 진지하게 담아낸 작품이었다. 이 작품 속에서 자신은 얼굴이 못생겼기 때문에 악역을 맡기를 원한다고 순진하게 이야기하던 바로 그 남자가 〈순수의 순간〉에 주인공으로 등장하고 있는 것이다. 허구와 다큐멘터리의 경계를 허무는 작업은 현대 이란영화의 한 주류처럼 여겨지기도 하는데, 그 방식 또한 압바스 키아로스타미나 모흐센 마흐말바프, 그리고 다른 뛰어난 감독 아볼파즐 잘릴리Abolfazl Jalili의 영화 속에서 모두 다르게 나타난다. 〈순수의 순간〉은 아주 간단한 내용을 담고 있으면서 허구와 다큐멘터리의 혼합 외에도 시간의 순서를 파괴하는가 하면 마흐말바프 자신의 개인적 경험이 끊임없이 서술되는, 그래서 매우 복잡한 형식을 지닌 작품이기도 하다. 마흐말바프 영화의 독창적 성격이 가장 두드러지는 영화인 것이다.

하지만 마흐말바프의 모든 영화가 이처럼 다큐멘터리와
허구의 경계를 넘나드는 것은 아니다. 그의 초기작이나 중기 작
품 〈더 페들러 The Peddler 〉(1989)를 보면 심리 묘사에 오히려 뛰
어난 재능을 보이고 있다. 그리고 지난해에 칸 영화제에 출품되
었던 〈가베〉는 그의 이전 영화들과는 다르게 '이란의 시적 리
얼리즘 영화'의 시대를 연 작품으로 평가받고 있다. 가베('가베'
는 페르시아어로 양탄자를 의미하기도 한다)라고 하는 한 유목인 처
녀가 다른 부족의 청년과 사랑에 빠지고 아버지의 반대를 무릅
쓰고 도망치는 전설 같은 이야기를 한 노인 부부의 노래를 통해
서술하는 이 작품은 색감이 눈부시게 아름다운 작품이다. 마흐
말바프 자신은 그러한 화려한 색깔이야말로 자연 그 자체이며,
오늘날 도시에서는 그러한 자연의 색이 모두 사라졌다고 본다.
무드는 서정적이지만 스토리텔링은 전혀 비관습적인 이 작품은
마흐말바프의 또 다른 변신을 알리는 신호탄으로 봐도 무방할
듯하다. 하지만 이 작품은 이란 내에서 상영이 금지되었다. 마
흐말바프 자신은 전혀 정치적 메시지를 담지 않았노라고 주장
하고 있지만 검열 당국은 분명히 감추어진 정치적 의미가 있다
며 상영 금지 조처를 한 것이다. 이번 영화제 기간 중 마흐말바
프는 우여곡절 끝에 딸을 데리고 인도에 나타났다. 그리고 다음
작품은 인도에서 찍겠다고 밝혔다. 인터뷰 기사에서도 그는 진
작부터 인도문화에 대해 동경해 왔고, 그래서 다음 작품은 인도
에서 찍기로 했다고 말하고 있지만 검열을 피하기 위한 방편이

라는 인상이 강하게 들었다. 이처럼 최근 이란영화의 현황은 매우 암울하다. 지난해부터 갑자기 검열과 감시를 강화했고, 압바스 키아로스타미마저 탄압을 받고 있는 것으로 알려졌다. 키아로스타미의 신작 〈체리 향기 Taste of Cherry〉도 칸 행이 계획되어 있지만 가능할지는 미지수다.

인도 국제영화제(1997)

2부.

발자국이 모여
길이 되고
(2000~2002)

**파지르
국제영화제**
2000.02.02
~2000.02.11

[씨네21 240호 기고] **테헤란 파지르국제영화제, 이슬람 금기에 도전
하는 영화들 봇물**

이란영화는 제2의 혁명

이란영화는 말 그대로 새로운 천년을 맞이하고 있는 중이다. 키아로스타미와 마흐말바프로 대변되는 20세기 말의 이란영화가 올해를 기점으로 또 한 번의 엄청난 변신을 준비하고 있기 때문이다. 그 변화의 현장을 테헤란에서 지난 2월 2일부터 11일까지 열린 파지르국제영화제Fajr International Film Festival (이하 '파지르영화제')에서 확인할 수 있었다. 파지르영화제는 지난 1979년의 이슬람 혁명을 기념해 만들어진 영화제로, 국제경쟁부문과 국내경쟁부문이 있지만 해외 게스트들에게는 단연 국내경쟁부문이 관심의 대상이다. 조직위 쪽도 이러한 관심을 반영, 해외의 게스트들만 따로 모아 이란영화를 볼 수 있도록 배려했다.

새천년 이란영화의 새로운 도약을 예고하는 징후는 자파르 파나히가 도발적으로 제기한 사회·정치적 영화의 문제, 놀라운 신인 감독들의 등장, 그리고 단편영화의 눈부신 성장 등에서 찾아볼 수 있다.

금기에의 도전: 자파르 파나히의 〈써클〉

자파르 파나히의 〈써클The Circle〉은 애초에 이번 영화
61 제 국내경쟁부문에 포함된 것으로 알려졌으나 막판에 빠졌으

위) 2000년 부산국제영화제에 온 자파르 파나히 GV
아래) 자파르 파나히 감독의 <써클>

며 게다가 상영금지까지 당했다. 이란영화마켓 Iranian Film Market 의 리셉션이 한창이던 2월 9일 저녁, 자파르 파나히의 집에서 그 문제의 작품을 볼 수 있었다. 그 자리에는 로카르노국제영화제 Locarno International Film Festival (이하 '로카르노영화제') 집행위원장 마르코 뮐러 Marco Muller, 베니스국제영화제 Venice International Film Festival (이하 '베니스영화제') 집행위원장 알베르토 바베라 Alberto Barbera, 밴쿠버국제영화제 Vancouver International Film Festival (이하 '밴쿠버영화제') 집행위원장 앨런 프래니 Alan Franey 등 극소수의 게스트만이 초대됐다. 자파르 파나히는 세 편의 영화를 통해 끊임없이 변신을 도모해왔고, 이번 작품은 그런 면에서 가장 파격적이다. 카메라가 테헤란의 길거리에서 만나는 여인들의 모습을 하나하나 담아나가는 평범한 작품이지만, 그들의 모습은 여태껏 이란영화에서는 결코 볼 수 없는 것들이었다. 외손녀를 출산한 딸의 장래를 걱정하는 어느 어머니의 모습에서 시작된 이 영화는 낙태, 거리의 매춘, 아이의 유기 등 현재 이란 여성에게 가해지는 사회적 억압과 모순을 적나라하게 보여주고 있다. 이 프로젝트의 제작자 모하마드 아테바이 Mohammad Atebbai 는 사태의 추이를 좀 더 지켜봐야겠다고 했다. 어쩌면 해외영화제 참가조차 불가능할지 모르겠다고도 했다. 곧 있을 총선의 결과에 영향을 받을 가능성이 많다는 것이다. 여자아이가 세상에 태어나는 병원의 밝은 색깔 문에서 시작하여 갖가지 이유로 이런저런 여성들이 한자리에 모인 교도소의 어두운 문으로 끝나는 이 영화는

63

분명 2000년대 이란영화사의 첫머리에 놓일 것이다. 자파르 파 **64**
나히는 이슬람 혁명 뒤 금기에 도전한 최초의 감독이며, 이후의
문제는 여타 감독들이 그의 뒤를 이을 것인가 하는 점이다.

하지만 침울한 분위기 속에서도 자파르 파나히는 부산
영화제에 대한 즐거운 추억을 이야기하며 올해도 꼭 참가하고
싶다고 했다.

사실 이번 영화제에서 중견 감독들의 작품은 그다지 눈
에 띄지 않았다. 또 한 명의 거장인 다리우스 메흐르지Dariush
Mehrjui 감독의 〈믹스The Mix〉는 영화제작의 뒷배경을 다뤘으
나, 지나치게 혼란스러운 구성으로 예전의 정갈함을 잃고 있었
다. 또 20년 만에 다시 메가폰을 잡은 바흐만 파르나마라Bahman
Farmanara의 〈장뇌의 향기, 재스민의 향기Smell of Camphor, Scent of
Jasmine〉 역시 이번 영화제에서 대상과 감독상을 수상하기는 했
으나 지극히 전통적인 양식의 평범한 영화였다. 특히 후자는 파
르나마라의 오랜 친구인 키아로스타미의 도움이 수상에 영향을
끼쳤다는 이야기도 있다.

키아로스타미 그늘 벗어나는 신인들

기대작은 오히려 다른 곳에 있다. 즉, 지금 제작되고 있
는 작품을 주목할 필요가 있다. 〈천국의 아이들The Children Of
Heaven〉과 〈천국의 미소The Color Of Paradise〉로 미국에 성공적
으로 진출한 마지드 마지디Majid Majidi가 캐나다 자본으로 〈비

_{Rain}〉를 준비 중이며, 미래의 거장으로 주목받고 있는 아볼파 즐 잘릴리는 일본 자본으로 〈델바란_{Delbaran}〉을 제작 중이다.

그리고, 주목받는 또 다른 두 편의 영화가 있다. 먼저 파르나 마라처럼 오랫동안 작품을 만들 지 못하다가 지난해에 다시 컴백 한 바흐람 베이자이_{Bahram Beizai}의 〈개 죽이기_{Killing Mad Dogs}〉가 있 다. 지난 2월 12일 늦은 밤 시간에 제작자 베호루즈 하셰미안_{Behrooz Hashemian}(그는 지난해 부산국제영화 제에 초청된 터키영화 〈태양으로의 여

바흐람 베이자이 감독의 〈개 죽이기〉

행_{Journey To The Sun}〉의 제작자이기도 하다)의 초청으로 촬영 현장 을 방문했다. 쌀쌀한 날씨 속에서 오랜만에 다시 현장으로 돌아 온 베이자이의 모습은 열정이 넘쳤다. 오랜 망명 생활을 통해 미국 시민권을 가지고 있으며, 지난 수년간 프랑스로부터 제작 의뢰가 쇄도할 정도로 국제적인 지명도를 지닌 그였지만 조국 에서 영화를 만들겠다는 그의 열정이 이제야 그를 현장에 불러 세운 것이다. 하셰미안은 이 작품이 베니스국제영화제를 노리 고 있다고 밝혔다. 당연히 올 부산국제영화제의 유력한 초청 후 **65** 보작이기도 하다.

2월 13일 귀국 당일 오전에 파르하드 메흐란파르_{Farhad} **66**

Mehranfar의 신작 〈사랑의 전설_{The Legend of Love}〉의 가편집본을

볼 수 있었다. 지난해 PPP의 초청 프로젝트였던 이 작품이 이제

드디어 완성 단계에 이른 것이다. 이란의 북부 전쟁 지역에서 실

종된 연인을 찾아 나선 한 여인의 여정을 따라가는 이 작품에는

쿠르드족의 아름다운 문화와 풍습이 담겨 있다. 메흐란파르는

쿠르드족의 전설을 통해 사랑의 의미를 깨닫게 하고, 또한 일반

인들에게 호전적인 이미지로 각인돼 있는 쿠르드족의 평화롭고

도 아름다운 생활양식을 전달하고자 했다. 그의 이전 작품들이

그러했듯이 '산의 감독' 메흐란파르는 자연과 인간의 관계에 대

해 좀더 심화된 통찰력을 이 작품에서 보여주고 있는 듯했다.

이란은 신인 감독의 등장이 가장 잦으면서도 가장 쉽게

사라지는 이상한 전통이 있다. 지난 몇 년간 내가 주목했던 감

독 가운데 지금은 소식조차 알 수 없는 감독도 상당수에 달한

다. 올해도 이러한 상황은 별반 다르지 않았지만 올해의 신인

감독에 주목하는 이유는 이제 그들이 키아로스타미와 마흐말바

프의 그늘에서 서서히 벗어나고 있다는 느낌을 받았기 때문이

다. 물론 이란영화에서 키아로스타미류의 어린이영화가 사라

진 것은 아니다. 이를테면 키아로스타미는 이제 더 이상 어린이

영화를 만들지 않지만 후배 감독들에게 시나리오를 계속 써주

고 있다. 이번에 소개된 모하마드 알리 텔레비_{Mohammad-Ali Talebi}

의 〈버드나무와 바람_{Willow and Wind}〉은 〈내 친구의 집은 어디

인가 Where Is The Friend's Home? 〉와 유사한 재미와 정서를 지닌 작품이다. 올해의 신인 감독 중 바박 파야미 Babak Payami는 단연 발군이다. 그의 데뷔작 〈하루 더 One More Day 〉는 로베르 브레송 Robert Bresson과 홍상수 Hong Sang-soo를 반쯤 섞어놓은 듯한 영화였다. 버스 정류장에서 늘 만나는 중년의 두 남녀 이야기를 다룬 이 작품은 소외와 고독이 절절히 배어 나오는 작품이다. 이밖에 어린이를 다루고 있기는 하지만 선배의 작품들과는 달리 거리의 아이들을 사실적으로 그린 〈속삭임 Whispers 〉의 파르비즈 샤흐바지 Parviz Shahbazi도 주목의 대상이다.

주목! 단편영화, 상업 영화의 젖줄

그러나 21세기 이란영화의 진정한 혁명은 단편영화에서 시작될 것이다. 그것은 최근 단편영화들의 수준이 세계 최고급인 데다, 장편 극영화의 든든한 젖줄 노릇을 하고 있기 때문이다. 이란에서 단편영화는 연간 400여 편이 만들어진다. 그것도 거의 16mm이거나 35mm 영화이다. 영화제 기간 중 이란영화마켓에 참가한 이란 영 시네마 소사이어티 Iranian Young Cinema Society (이란에서 가장 중요한 단편영화 제작 배급하는 회사)의 부스를 찾아 지난 한 해 동안 만들어진 단편영화 50여 편을 꼼꼼히 살펴볼 수 있었다. 올해는 특히 근래에 보기 드문 우수작을 두 편이나 발견할 수 있었다. 이란에서는 이미 스타급 단편영화 감독이지만 국내에는 전혀 소개가 되지 않았던 알리 모하마드 카

67

세미Ali Mohammad Ghasemi 의 신작 〈너무 먼So Far Distance 〉은 매우 충격적인 작품이다. 도살장에 끌려가는 낙타의 시선을 통해 사막과 오아시스에서의 아름다운 추억, 그리고 인간세계의 잔혹함을 교차시키는 이 작품은 그 간결한 형식과 뛰어난 촬영으로 눈이 번쩍 뜨이는 작품이다. 그리고, 또 한 편 너무도 아름답고 사랑스러운 단편이 있다. 여성 감독 마흐바시 셰이콜레스라미 Mahvash Sheikholeslami 의 〈차르쇼Charso 〉가 그것으로, 결혼을 앞둔 소녀가 어머니의 허락으로 친구들과 즐거운 시간을 보낸 뒤 어머니로부터 물려받은 차르쇼(전통의상)를 입고 신랑을 따라 길을 떠난다는 내용을 다루고 있다. 이 모든 이야기가 아름답고도 구성진 민요와 함께 전개되는데, 특히 마지막 장면에서 붉디붉은 차르쇼를 입은 소녀가 말을 타고 신랑과 함께 만개한 해바라기밭을 지나 길을 떠나는 장면은 나의 뇌리가 아닌 가슴에 박혀버렸다.

올해 이란 단편영화의 약진은 이미 시작되고 있는데, 세계 곳곳의 단편영화제에서 초청이 쇄도하고 있다. 이러한 이란 단편영화의 힘은 정부의 체계적인 지원과 영화를 사랑하는 이란인들의 열정이 어우러진 결과일 것이다.

마흐말바프, 영화 만드는 일가족

이제 이 글을 마흐말바프와의 만남으로 마무리지어야겠다. 나는 마흐말바프를 잘 이해하고 있다고 생각해왔지만, 그를

Makhmalbaf Family in India
2012년 인도 코치국제영화제에서 열린 마흐센마흐말바프 가족 특별전
©Makhmalbaf Family Official Website

만날 때마다 늘 새로운 경이를 느끼곤 했다. 한 인간으로서, 한 감독으로서 그는 늘 나의 가장 이상적인, 아니 때로는 이상을 넘어서는 모습으로 다가왔다. 이번 만남도 그러했다. 영화제의 마지막 날인 2월 11일, 마흐말바프와 점심을 한 뒤 그의 사무실을 방문했다. 그는 나를 만나자마자 또 전화와 팩스 번호가 바뀌었다며 새 번호를 알려줬다. 그가 번호를 자주 바꾸는 이유는 물론 이사를 자주 다니기 때문이다. 이사를 자주 다니는 이유는 제작비 문제 때문이다. 그는 지금 맏딸 사미라 마흐말바프Samira Makhmalbaf의 두 번째 작품 〈칠판Blackboard〉과 아내 마르지에 메쉬키니Marziyeh Meshkini의 데뷔작을 제작 중이다. 두 편의 영화를 제작하면서 자동차(그의 차는 한국산 차다)와 편집기를 팔기로 했다. 사미라의 데뷔작 〈사과The Apple〉를 제작할 때는 집과 차를 팔았었다. 다행히 〈사과〉가 세계적으로 호평받고 제작비도 환수가 돼 집과 차를 다시 찾을 수 있었다. 사실 그는 마음만 먹으면 제작비는 해외에서 얼마든지 조달이 가능하다. 하지

69

만 영화의 순수성을 훼손하는 그 어떤 제작비도 받지 않겠다는
게 그 나름의 고집이다.

그리고 마흐말바프는 온 가족과 함께 영화를 만들고 영
화를 통해 자녀들의 교육을 시킨다. 11살 된 막내딸 하나Hana 는
초등학교를 중퇴하고 영화 일을 하고 있다. 지금은 엄마인 마르
지예의 작품에서 스크립터를 하고 있다. 이 아이는 이미 독학으
로 초등학교 졸업 자격증을 취득한 상태다. 아들 메이삼Meysam
은 누나 사미라의 두 번째 작품의 제작 다큐멘터리를 만들고 있
다. 마흐말바프는 자신의 사무실이 곧 학교이며 가정이라고 말
한다. 흔히들, '영화보다는 삶 그 자체가 더 중요하다'고 한다.
하지만, 마흐말바프에게 있어 삶과 영화는 완전한 동일체, 바로
그것이다.

마르지예는 지금 이란 여성에 관한 옴니버스 영화를
만들고 있으며, 이미 그 첫 편인 〈내가 여자가 된 날The Day I
Became a Woman 〉은 완성됐다. 마흐말바프의 사무실에서 그 작
품을 볼 수 있었다. 2월 11일, 9살이 되는 소녀 하바Hava 는 이제
히잡을 쓰고 다녀야 한다. 그것은 곧 여성으로서 사회의 구속을
받는다는 것을 의미하는 것이다. 하지만 하바는 남자친구인 하
산Hasan 과 아이스크림 사러 갈 생각뿐이다. 어머니는 하바에게
한 시간 안으로 돌아와서 히잡을 써야 한다고 말한다. 하바에게
는 이제 자유가 한 시간밖에 남지 않은 것이다. 이 작품의 구상

은 마르지예가, 그리고 시나리오는 마흐말바프가 썼다. 그리고, 나와 만난 그날 오후 마흐말바프는 촬영이 한창인 키시섬Kish Island으로 내려갔다. 아내에게 부족한 제작비를 전달하기 위해서였다.

점심을 먹으면서 마흐말바프는 이란인들이 즐겨 인용하는 한 구절을 이야기했다. "꽃을 팔아 돈을 벌었다면, 그 돈으로 당신은 무엇을 하겠는가?" 나는 "당신이라면 아마 다시 꽃을 사겠지요."라고 대답했다. 그는 수긍의 미소를 지었다. 그와 헤어지기 전, 마흐말바프는 차를 잠시 세우고 나에게 줄 선물을 하나 사 왔다. 그것은 다름 아닌 꽃이었다. 키아로스타미의 영화가 보석이라면, 마흐말바프의 영화는 꽃이라는 나의 생각은 그래서 더욱 확고해졌다.

[문화일보 2002년 2월 21일 자 기고] **내가 만난 마흐말바프 감독**

2000년 2월, 필자는 파지르영화제 참가차 이란 테헤란에 머물고 있었다. 그리고 마흐말바프의 영화사 사무실을 방문해 그해 10월 부산국제영화제에서 있을 '마흐말바프 가족 특별전'(마흐말바프 가족은 모흐센과 그의 아내 마르지예 메쉬키니, 딸 사미라, 하나, 아들 메이삼 모두가 감독이다. 제5회 부산국제영화제에서는 전세계 유례없이 이들 가족의 작품들을 모아 특별전을 연 바 있다)에 관해

2000년 부산국제영화제를 찾은 모흐센 마흐말바프

논의했다. 논의가 끝난 뒤 마흐말바프는 자신의 차로 필자를 호텔까지 배웅해 주었다. 가던 도중 마흐말바프는 차를 세워 꽃집에 들러 꽃 한 다발을 산 다음 이를 필자에게 선물했다. 필자를 호텔에 내려놓은 뒤 그는 어디서 났는지 두툼한 돈다발을 웃옷 주머니에 꽂은 채 길을 떠났다.

　　마흐말바프는 두 개의 얼굴을 가지고 있다. 흔히 이슬람의 엄격한 종교적 문화만을 기억하는 우리에겐 생소하겠지만, 이란은 페르시아 문화의 아름다운 향기를 내면에 지니고 있기도 하다. 국내에서도 개봉된 바 있는 마흐말바프의 〈가베〉를 기억한다면, 그 향기를 얼마쯤 떠올릴 수 있을 것이다. 마흐말바프는 친한 친구에게 꽃 한 다발을 선물하는 낭만을 지닌 사람이다. 그러나 그는 동시에 이슬람의 확고한 종교적 신념을 지니고 있기도 하다. 그 종교적 신념이 젊은 시절에는 무력투쟁으로 표출된 반면, 나이가 들어가면서는 문화 활동을 통해 성취하려는 쪽으로 변화를 보이고 있는 것이다.

물론 꽃다발을 내미는 친근한 미소의 그에게서 투사의 이미지를 떠올리기는 쉽지 않았다(그는 청소년 시절 샤 정권에 저항하여 경찰서를 습격, 투옥되기도 했다). 그런데 그가 지니고 있는 종교적 신념은 딱히 이슬람의 그것만으로는 보기 어렵다. 여느 종교가 그러하듯이 그는 '사랑'과 '평등'이라는 이슬람의 고귀한 가치를 생활 속에서 실천 중이다. 그날 그가 품속에 지니고 간 돈은 바로 아내가 연출하는 영화의 제작비였다. 당시 아내인 메쉬키니는 이란의 최남단 키시섬에서 데뷔작 〈내가 여자가 된 날〉을 찍고 있었고, 마흐말바프는 여기저기서 제작비를 끌어모아 아내에게 전달하기 위해 길을 떠난 것이었다. 이처럼 그는 연령과 성별을 불문하고 모두에게 늘 열린 자세를 견지해 왔다. 그의 큰딸 사미라가 중학교 2학년 때 영화를 배우기 위해 학교를 자퇴하겠다고 했을 때 그는 딸의 의사를 존중해 주었고, 딸을 위해 아예 집에 마흐말바프 영화학교를 만들기도 했다. 그 딸이 지금은 2000년도 칸영화제에서 심사 위원 대상을 수상하며 가장 유망한 영화감독으로 부상하고 있다.

그는 세계적으로 널리 알려진 거장임에도 불구하고 늘 **73** 검소하고 겸손한 생활을 한다. 1년 내내 옷 한 벌로 지내는가 하

면, 해외 영화제에서 초청받을 때에도 전혀 까탈스럽게 굴지 않
는다. 그런 그가 최근 〈칸다하르〉를 계기로 본격적인 아프가
니스탄 어린이 교육 운동에 나서고 있다. 자신의 예술적 재능을
가난과 기근에 시달리는 지구촌 가족을 위해 기꺼이 내놓고 있
는 것이다. 필자는 개인적으로 그의 예술적 세계를 너무도 사랑
하지만(그의 1996년 작 〈순수의 순간〉은 필자 개인의 올 타임 베스트
10중의 하나이다) 인간 마흐말바프를 알게 된 것 또한 내 생애 커
다란 행운으로 생각하고 있기도 하다.

2017년 열린 추모 행사에서 故 김지석 선생의 사진에 키스하는 마흐말바프

[핫영화소식]

[현장취재 싱가포르영화제] **왕샤오슈아이, 린쳉성 신작 촬영 착수**

왼) 린쳉성 감독의 <아름다운 빈랑나무>
오) 왕샤오슈아이 감독의 <북경자전거>

중국의 왕샤오슈아이와 타이완의 린쳉성 Lin Cheng-Sheng
이 드디어 신작 촬영에 들어갔거나 곧 들어간다. 왕샤오슈아이
는 장위안과 같은 베이징영화학교 Beijing Film Academy 동기로 중
국에서 가장 장래가 촉망되는 젊은 감독 중 한 사람이라는 평가
를 받고 있으며, 지난해 부산국제영화제 PPP에 참가하였던 프
로젝트 <북경 자전거 Beijing Bicycle >의 파이낸싱이 마무리되어
바로 어제(4월 7일) 촬영을 시작하였다고 한다. 차이밍량 이후
가장 주목받는 타이완 감독 린쳉성 역시 지난해 PPP에서 선보

였던 프로젝트 〈아름다운 빈랑나무Betelnut Beauty 〉의 촬영을 다음 주에 시작한다고 한다. 이 두 작품의 제작자인 페기 차오(타이완)에 따르면 지난해 PPP에서 성공적인 프레젠테이션을 가진 결과 두 작품 모두 파이낸싱을 마무리 지어 촬영에 들어갈 수 있었다고 한다.

[현장취재 싱가포르영화제] 싱가포르영화제에 대하여

싱가포르국제영화제(이하 '싱가포르영화제')는 올해로 13회째로, 기본적으로는 비경쟁 영화제의 성격을 지니고 있되, 아시아 영화를 대상으로 은막상Silver Screen Award을 수여하고 있다(한국영화는 지난 1991년 제4회 영화제 때 박광수Park Kwang-su 감독의 〈그들도 우리처럼Black Republic 〉이 은막상 최우수작품상을 수상한바 있다). 싱가포르영화제가 출범할 당시의 목적은 홍콩 이후를 겨냥한 것이었다. 즉, 13년 전에 싱가포르는 홍콩이 10년 후에 중국에 반환될 것이고, 싱가포르가 홍콩영화산업을 이어받을 수 있을 것이라는 계산을 한 것이다. 그리하여 싱가포르영화제를 출범시켰고 정부에서도 영화산업 인프라 구축에 대대적인 투자를 할 계획을 세웠다. 하지만 오늘날 이러한 계획은 거의 실패한 것으로 보인다. 그 이유는 싱가포르 사회가 지나치게 엄격하여 창의적인 마인드가 중요한 영화산업의 성격과 맞지 않은 때

77

문이다. 이를테면 싱가포르영화제는 국제영화제임에도 불구하
고 아직도 출품작 모두가 검열을 받고 있다. 올해의 경우 조직
위 측이 의욕적으로 기획한 '아시아영화에 있어서의 성' 역시 그
러한 벽에 부닥치고 말았다. 초청작 중에 오시마 나기사Oshima
Nagisa의 〈감각의 제국 In The Realm Of The Senses〉은 일부 장면이
삭제당한 채 상영되었고, 장선우 JANG Sun-woo 감독의 〈거짓말
Lies〉은 결국 상영 취소되고 말았기 때문이다. 또한 극장 문제
때문에 200편이 넘는 영화가 초청되지만 평일 상영은 저녁 시
간에만 있으며, 그런 이유로 초청작 모두가 단 1회만 상영되는
기묘한 상영 시스템을 가지고 있기도 하다.

하지만 그럼에도 불구하고 '장 뤽 고다르Jean-Luc Godard
회고전'이나 '마를렌 디트리히 Marlene Dietrich 회고전', '베트남영
화 회고전', '피터 그리너웨이 Peter Greenaway 초기 단편전' 등과
같은 의욕적인 프로그램을 준비함으로써 나름대로 색깔을 살
리기 위해 애쓰고 있으며, 무엇보다도 싱가포르영화제의 강점
은 어려운 여건하에서도 적은 수의 스태프들이 매우 효율적으
로 영화제를 운영하고 있는 점이다. 그리고 동남아의 여러 영화
제들(자카르타국제영화제 Jakarta International Film Festival, 방콕국제영화
제 Bangkok International Film Festival, 쿠알라룸푸르국제영화제 Kuala Lumpur
International Film Festival 등)이 그다지 조직적인 영화제가 되지 못하
고 있는 가운데, 동남아 영화를 선보이는 가장 훌륭한 쇼케이스
로서의 역할을 해내고 있다는 점도 하나의 강점이다.

[현장취재 싱가포르영화제] **아시아영화진흥기구**

2000년 4월 8일 오전과 오후에는 아시아영화진흥기구 NETPAC(이하 '넷팩') 총회가 열렸다. 지난 1997년과 1999년에 부산국제영화제에서 총회와 이사회가 열린 이후 이곳 싱가포르에서 다시 총회가 열리게 된 것이다. 이번 총회의 안건은 아시아 영화 전문 웹사이트를 만드는 문제와 아시아영화 책자 발간, '가족'과 '게이'를 주제로 하는 넷팩 선정 아시안 프로그램을 만드는 문제였다. 오늘 회의에는 의장인 아루나 바수데프 Aruna Vasudev(인도)와 고문인 김동호 부산국제영화제 집행위원장 등 아시아 각국에서 모두 22명의 넷팩 회원이 참여하였다. 넷팩은 아시아영화의 해외 진출과 소개, 진흥을 목적으로 설립된 기구로서 현재 아시아 각국에서 활발하게 활동을 하고 있는 평론가나 감독, 제작자, 배급업자, 영화제 관계자들이 회원으로 참여하고 있으며, 미국이나 프랑스, 독일에서도 옵저버가 참가하고 있다. 현재 넷팩의 한국대표는 부산국제영화제이다.

[현장취재 싱가포르영화제] **아시아 최초의 디지털영화**

이곳 싱가포르에서 아시아 최초의 디지털영화 웹사이트가 출범하였다. 싱가포르영화제와 아시아콘텐츠닷컴 Asiacontent.

79

com이 공동으로 개설한 웹사이트의 이름은 에잇아츠닷컴 8arts. com이다. 이번 싱가포르영화제를 계기로 그동안 에잇아츠닷컴에서 제작을 지원한 6편의 단편과 6편의 단편 애니메이션을 인터넷을 통해 상영한다. 이들 작품은 대부분 동남아시아의 작품들로, 에잇아츠닷컴에서는 앞으로 동북아시아의 단편영화까지 그 범위를 확대해 나갈 예정이라고 한다. 한편, 이들 작품 가운데에는 말레이시아의 우웨이 하지사아리 U-Wei Haji Saari의 단편 〈디키르 베라 Dikir Bera〉가 있어 눈길을 끈다. 말레이시아의 장 뤽 고다르라 불리는 그는 지난 제1회, 제3회 부산국제영화제에 〈방화범 The Arsonist〉, 〈조고 Jogho〉가 초청을 받아 참여한 적이 있으며, 제1회 때 PPP에도 참여한 바 있다. 하지만 최근의 열악한 말레이시아의 영화계 현황을 반영하듯, 우웨이 하지사아리와 같은 능력 있는 작가가 작품 활동을 제대로 못하고 있다는 점에서는 안타까운 일이 아닐 수 없다.

[현장취재 싱가포르영화제] 지난해 뉴 커런츠 심사위원장

지난해 부산국제영화제 뉴 커런츠 부문 심사위원장을 맡아 국내 영화 팬들에게 낯익은 인도네시아의 대표적인 여배우 크리스틴 하킴 Christine Hakim이 지난달에 결혼식을 올렸다. 넷팩 인도네시아 대표로 총회에 참가하고 있는 여성 감독 난 아크나스_{Nan Achnas}에 따르면, 그녀는 나이 50이 넘도록 독신을 고수하다가 지난달에 전격적으로 결혼을 했다고 한다. 대스타이면서도 서민적인 풍모를 잃지 않고 있는 그녀는 인도네시아의 젊은 영화인들의 제작 활동을 열성적으로 도와 많은 젊은 영화인들로부터 존경을 받고 있는데, 얼마 전 '크리스틴 하킴 기금 Christine Hakim Foundation'을 만들어 인도네시아의 젊은 영화인들의 제작을 본격적으로 돕기 시작하였다고 한다. 이미 그녀는 가린 누그로호의 조감독 출신인 난 아크나스의 신작을 제작하기로 결정하였으며, 현재 투자자를 물색하고 있다고 한다.

[현장취재 싱가포르영화제] 자파르 파나히의 〈써클〉, 칸 행 불발

자파르 파나히(이란)의 신작 〈써클〉이 결국 칸에 가지 못하게 되었다고 한다. 지난 2월에 칸으로부터 초청장을 받았으나 이란의 여성 문제를 지나치게 사실적으로 다루었다는 이유 때문에 정부로부터 상영 허가를 얻지 못한 상태에서 해외영화제 출품조차 금지당하고 만 것이다. 이 작품은 지난해 PPP에 초청되었던 프로젝트로서, 제작자인 모함마드 아테바이 Mohammad Atebbai에 따르면 당분간 해금이 풀릴 가능성은 없을 것 같다고 한다.

81

레스터 제임스 페리스Lester James Peries라는 세계적인 영화감독을 배출한 스리랑카영화의 모든 것을 담은 영문 단행본 『스리랑카영화 프로파일링하기 Profiling Sri Lankan Cinema』가 출간되었다. 넷팩의 스리랑카 대표이자 스리랑카 아시안필름센터Asian Film Centre의 소장인 애슐리 라트나비부샤나Ashley Ratnavibhushana와 저명한 영화학자 비말 디사나야케Wimal Dassanayake가 함께 저술한 이 책은 스리랑카영화의 역사와 미학, 대표적인 감독에 이르기까지 스리랑카영화를 잘 개관하고 있다.

[현장취재 싱가포르영화제] 에릭 쿠, 디지털 옴니버스 영화 제작 중

싱가포르 영화감독 가운데 현재 세계적으로 그 이름이 알려져 있는 거의 유일한 감독이라 해도 과언이 아닌 에릭 쿠 Eric Koo가 디지털 옴니버스 영화를 연출·제작 중에 있다. 에릭 쿠는 부산국제영화제에서 그의 첫 번째, 두 번째 작품인 〈면로 Mee Pok Man 〉와 〈12층 12 Storeys 〉이 모두 소개된 바 있는 감독이다. 그는 현재 자신과 치 콩 체Chee Kong Cheah 등과 함께 3편의 에피소드를 모은 디지털영화를 제작하고 있는 중이며 이번 달 말에 제작이 완료될 것이라고 한다.

[현장취재 싱가포르영화제] 아시아에 더 많은 영화제가 생기면

이번 넷팩 총회에 참석한 아시아 각국의 대표들에 따르면, 올해와 내년에도 더 많은 영화제가 생길 것이라고 한다. 인도네시아에서는 지난해에 출범한 자카르타국제영화제외에 독립영화제가 생길 예정이며, 지난해에 생긴 필리핀의 핑크영화제 Pink Film Festival(필리핀 국제 게이/레즈비언영화제)도 올해에는 규모를 확대하여 개최될 것으로 알려졌다. 또한, 네팔에서는 내년에 카트만두국제산악영화제 Kathmandu International Mountain Film Festival 가 새로 시작된다고 한다. 지난 몇 년 사이에 아시아에서는 영화제가 붐이라고 할 만큼 갑자기 많은 영화제가 생겨났는데, 타이완에서는 기존의 금마장영화제 외에도 타이베이 국제다큐멘터리영화제 Taiwan International Documentary Festival와 타이완국제영화제 Taiwan International Film Festival가 새로 생겼으며, 태국에서는 방콕국제영화제 Bangkok International Film Festival가, 필리핀에서는 시네마닐라영화제 Cinemanila International Film Festival가 새로 출범하였다. 그리고 한국에서는 전주국제영화제 Jeonju International Film Festival와, 부산단편영화제 Busan Short Film Festival가 확대된 부산아시아단편영화제 Busan Asian Short Film Festival가 올해 새로 출범함에 따라 바야흐로 아시아는 영화제 전성기를 맞이하고 있는 것이다.

이번 싱가포르영화제에 심사위원으로 참가하고 있는 모
흐센 마흐말바프에 따르면 그의 큰 딸인 사미라 마흐말바프의
두 번째 장편 극영화 〈칠판〉이 칸으로부터 경쟁부문에 공식
초청을 받았다고 한다. 데뷔작 〈사과〉로 세계적인 주목을 받
았던 사미라의 이번 작품 역시 아버지인 모흐센이 제작을 맡았
으며, 아들인 메이삼이 메이킹 다큐멘터리를 만들고 있는 중이
다. 이번 영화제에는 그의 막내딸 하나도 자신의 작품 〈이모가
아팠던 날The Day My Aunt Was Ill 〉로 초청을 받아 아버지와 함께
참가하고 있는 중이다. 한편 모흐센 마흐말바프는 현재 아프가
니스탄을 배경으로 하는 신작을 준비 중이며, 지난 3월에 있었
던 이란의 총선에 관한 다큐멘터리의 촬영을 마치고 편집 중에
있다.

[현장취재 싱가포르영화제] **중국 신작 소식**

중국의 독립영화제작자 샨동빙Shan Dongbing 에 따르면 최
근 중국에서는 주목할 만한 세 편의 영화가 완성되었다고 한다.
먼저 시에페이Xie Fei 의 대작 〈티벳의 노래Song of Tibet 〉가 그것으
로, 시에페이는 〈향혼녀The Oilmaker's Family 〉로 베를린영화제 대

상을 수상한 바 있는 대가이다. 한편 이틀 전 새 작품 〈북경 자전거〉의 촬영에 들어간 왕샤오슈아이도 이미 또 다른 영화 〈몽환전원The Garden of Dreams〉을 완성하였으며, 데뷔작 〈당신은 변함없는 나의 영웅입니다The Making Of Steel〉(제3회 부산국제영화제 초청)로 주목받았던 루쉐창Lu Xuechang도 오랜만에 신작 〈수상한 여름A Lingering Face〉을 완성하였다고 한다. 이들 작품은 다행히도 중국전영국China Film Administration의 심의도 통과하여 상영에는 문제가 없을 것이라고 한다.

[현장취재 싱가포르영화제] 주목, 아시아영화 신작들

이번 싱가포르영화제에서는 두드러지게 뛰어난 새로운 작품이 많지는 않았지만, 몇몇 작품은 충분히 주목할 만했다. 그중 몇 작품을 살펴보면 아래와 같다.

1. 〈행복 찾기Steal Happiness〉, 중국, 양야저우Yang Yazhou, 1999

사실 별 주목을 받지 못했던 작품 중 한 편이다. 감독인 양야저우는 황젠신Huang Jianxin과 〈감시Surveillance〉를 공동연출한 경력 정도만 알려져 있는 감독이다. 이 작품은 베이징의 한 가난한 가족의 이야기를 잔잔하면서도 코믹한 터치로 다루고

위) 양야저우 감독의 <행복 찾기>
아래) 부산에서 2000년에 상영된 <행복 찾기> GV, 가운데가 감독

있다. 한 집안의 가장인 장다민Zhang Damin은 늦은 나이에 갑자기 결혼을 하게 되지만, 어머니와 네 동생과 함께 좁은 집에서 살다 보니 불편한 점이 하나둘이 아니다. 마침내 첫 번째 남동생마저도 결혼하게 되자 장다민은 집을 증축하기로 한다. 하지만 증축이 가능한 곳은 마당뿐이었고, 그곳에 있는 나무를 베어내면 벌금을 물어야 할 처지라 쉽게 결정을 내리지 못한다. 결국 장다민은 나무를 그대로 둔 채 방을 새로 만드는데 그 결과 침대 한가운데에 나무가 자리하는 기묘한 상황이 연출된다. 그리고 그곳에서 아들을 낳게 되며, 아들 이름도 샤오슈('작은 나무'라는 뜻)라 짓는다. 하지만 시간이 지나면서 막냇동생이 타지로 유학을 떠나고 큰 여동생도 결혼으로 인해 지방으로 떠나가는가 하면, 첫 번째 남동생도 직장에서 구해준 집으로 떠나간다. 막내 여동생을 암으로 잃는 커다란 슬픔도 겪지만, 장다민 일가는 꿋꿋이 삶을 이어간다. 필요하다면 행복을 훔쳐서라도 삶을 당당하게 이어가야 한다는 것이다. 아마도 관객이 재미와 감동을 함께 느낄 수 있을 작품이라 판단된다.

2. 〈시로 더 화이트Shiro the White 〉, 일본, 히라노 가쓰유키Hirano Katsuyuki, 1999

이 별난 다큐멘터리는 이미 지난해 야마가타영화제에서 넷팩상을 수상한 바 있다. 내용은 포르노 비디오 감독인 히

87 라노 가쓰유키가 일본 남부에서부터 혼자 자전거를 타고 일본

의 최북단까지 횡단하는 과정을 다루고 있다. 그는 자전거를 타고 가면서 직접 비디오카메라를 들고 여행 과정을 찍는다. 말하자면 원맨쇼가 아닌, '원맨다큐멘터리'인 셈이다. 사실 왜 그가 그러한 무모한 여행을 하는지에 대해서는 아무런 언급이 없지만, 한 치 앞을 내다보기 힘든 눈 폭풍과 자전거 체인이 얼어붙는 강추위를 뚫고(그것도 비디오카메라를 든 채), 목적지에 도달하는 과정은 감동을 주기에 충분하다. 히라노 가쓰유키는 이미 두 편의 홋카이도 횡단 다큐멘터리를 만든 바 있으며, 이 작품은 그 시리즈의 완결편에 해당된다. 하지만 자세히 살펴보면 또 한 대의 비디오카메라가 그의 뒤를 따르고 있음을 알 수 있다. 이는 트릭이라기보다 그의 모습을 풀숏이나 롱숏으로 잡기 위한 불가피한 선택이었던 것으로 판단된다. 그리고, 이 시점은 그다지 많은 부분을 차지하지 않는다. 제목에 들어가 있는 '시로'는 '희다'라는 뜻이며, 영화의 후반부에 온통 눈으로 뒤덮인 장면을 보면 제목의 의미를 충분히 알 수 있다.

[현장취재 싱가포르영화제] **압바스 키아로스타미, 우간다에서 촬영 중**

이번 싱가포르영화제에 참가하고 있는 이란의 영문 영화전문지 《필름 인터내셔널Film International》의 부편집장인 모함마드 아테바이에 따르면 압바스 키아로스타미가 현재 아프리카

우간다에서 다큐멘터리를 찍고 있다고 한다. 키아로스타미는 아프리카에서 기아에 허덕이는 어린이들에 관한 다큐멘터리를 찍어달라는 유니세프의 요청을 흔쾌히 받아들여 우간다로 건너 가 다큐멘터리를 찍게 된 것이라고 한다.

[현장취재 싱가포르영화제] 넷팩 총회 둘째 날 새 임원 선출

2000년 4월 9일 넷팩 이튿날 회의에서는 아시아 각국의 영화산업 및 영화제 현황에 대한 정보를 논의한 뒤, 하와이국제영화제Hawai'i International Film Festival 집행위원장인 지넷 폴슨 헤레니코Jeannette Paulson Hereniko의 주도하에 아시아영화 웹사이트의 운영에 관한 문제가 심도 있게 토의되었다. 그리고 마지막 순서로 새 임기의 임원 개선이 있었다. 그 결과는 아래와 같다.

넷팩 의장 : 아루나 바수데프(인도, 《시네마야Cinemaya》편집 장, 연임)

넷팩 부의장 : 김동호(부산국제영화제 집행위원장)

이사(행정담당) : 이시자카 겐지Ishizaka Kenji(일본, 일본교류 기금 아시아문화센터)

이사(넷팩 아시안 디스커버리 프로그램 담당) : 닉 데오캄포 Nick Deocampo(필리핀, 감독)

이사(넷팩 심사위원 코디네이터) : 김지석(부산국제영화제 프 로그래머)

89

[핫영화소식]

[현장취재 홍콩영화제] **4월 12일: 홍콩문화센터에서 개막작 〈위험한 드라이브〉를 보다**

싱가포르를 떠나 가랑비가 부슬부슬 내리는 가운데 홍콩에 도착하였다. 오늘은 바로 홍콩영화제의 개막일이다. 홍콩영화제는 올해로 24회째를 맞는 아시아의 유서 깊은 영화제이며 1996년에 부산국제영화제가 등장하기 전까지는 아시아에서 가장 알찬 영화제로 널리 인정받고 있었다. 하지만 중국 반환이라는 외부적 여건에 의해 최근 다소 침체기를 맞고 있는데, 올해 홍콩영화제는 이를 극복하기 위해 다방면으로 심혈을 기울였다. 이를테면 부산국제영화제의 PPP에 자극받아 올해부터 홍콩-아시아 필름 파이낸싱 포럼HAF, Hong Kong - Asia Film Financing Forum을 시작한다. 사실 홍콩 영화인들이 느끼는 영화산업의 위기감은 상당한데, 이번의 HAF의 명예위원장을 청룽Jackie Chan이 맡고 있는 데서도 홍콩영화제와 HAF를 위기 탈출의 한 방편으로 생각하는 그들의 의욕을 알 수 있다. 홍콩영화는 그동안 관객이 꾸준히 감소하면서 제작 편수 또한 감소해 왔는데, 90년대 초 연간 150여 편에 달하던 제작 편수가 올해는 80~90편 정도로 감소할 것으로 예상되고 있다. 특히 지난해 3월에는 홍콩영화 침체의 주요한 원인인 해적판의 범람을 철저하게 단속해

달라는 홍콩 영화인들의 대대적인 시위가 있었고, 청룽이 앞장을 서기도 했었다. 때문에 명예위원장을 맡아달라는 HAF 측의 요청을 청룽이 뿌리치기는 힘들었을 것이다.

오후 6시에는 홍콩문화센터의 리셉션홀에서 간단한 리셉션이 열렸다. 홍콩영화제는 리셉션이건, 개막식이건 모두가 조촐하게 치러진다. 연설도 거의 없고, 따라서 거창한 의전도 없다. 리셉션에서는 반가운 얼굴들을 많이 만날 수 있었다. 특히 이번 영화제에 두 편의 작품이나 초청을 받았고(〈리틀 청Little Cheung〉, 〈두리안 두리안Durian Durian〉), 그중에서 〈두리안 두리안〉이 폐막작으로 초청받은 프룻 챈Fruit Chan을 반갑게 만날 수 있었다. 그의 〈리틀 청〉은 바로 지난해 PPP에 초청받은 프로젝트였고, 특히나 부산상Pusan Award을 받는 등 부산과는 특별한 인연을 가지고 있는지라 프룻 챈은 더더욱 반가워했다. 더군다나 프룻 챈은 현재 한국의 모 영화사와 신작을 제작하기로 합의를 보기로 한 상태라는 소식도 전했다(4월 20일에 서울에서 제작발표회를 가질 예정인데, 프룻 챈 역시 당연히 서울로 올 예정이라고 한다).

홍콩문화센터 대극장에서 저녁 7시 30분에 시작된 개막식은 감독과 배우의 무대인사로 간단히 끝나고 바로 상영이 시작되었다. 개막작은 유국창Lawrence Ah Mon의 〈위험한 드라이브 Spacked Out〉였다. 국내에는 별로 알려져 있지 않은 유국창은 지난 95년에 〈양아주일회One and a Half〉를 만든 이후 5년 만에 신

91

유국창 감독의 <위험한 드라이브>

작을 발표한 셈이었다. 이 작품은 중학생 1, 2학년생인 소녀들의 이야기를 다루고 있는데, 흡연, 임신 등 어린 소녀들의 몸과 마음이 모두 처절하게 황폐해지는 섬뜩한 내용이다. 개막작으로는 어딘지 수준이 미달한다는 느낌을 지울 수가 없었다. 하지만, 이제 시작일 뿐이다. 내일부터는 본격적인 영화사냥을 할 것이다.

[현장취재 홍콩영화제] 4월 13일: HAF, 홍콩영화 침체를 극복할 대안이 될 것인가?

어제에 이어 오늘도 온종일 비가 부슬부슬 내리는 가운데 홍콩영화제 이틀째를 맞았다. 오늘의 하이라이트는 홍콩-아시아 필름 파이낸싱 포럼의 개막이었다. 늦은 저녁 9시 반에 하버 플라자 호텔Harbour Plaza Hotel에서 간단한 축하 공연이 있은 뒤 조그만 페리에서 개막 리셉션이 있었다. 리셉션에는 이번에 프로젝트를 출품한 감독과 제작자, 해외의 배급업자 등 약 100여 명이 참여하였다. 당낫민Dang Nhat Minh(베트남), 프룻 챈(홍콩), 허진호Hur Jin-ho 감독, 차승재Tcha Sung-jai 우노필름Uno Films 대표, 정태성Jung Tae-sung 부산국제영화제 PPP 수석운영위원, 우터 바렌드렉Wouter Barendrecht HAF 운영위원장 등 외에 가장 눈에 띄는 사람은 역시 량쯔충Michelle Yeoh이었다. 국내에는 배우로만 알려져 있는 그녀가 이번에는 제작자로 참여한 것이다. 홍콩의 미디어 아시아 필름Media Asia Films이 제작하는 〈더 터치The Touch〉가 바로 그 작품으로, 준비는 아직 완벽하지 않은 듯했다. 감독도 정하지 못한 상태에서 프로젝트만을 제출한 것이다. 이번 HAF에는 이 작품 외에도 차이밍량Ming-liang Tsai의 〈흔들리는 구름The Wayward Cloud〉, 왕샤오슈아이의 〈콤마Comma〉, 이와이 슌지Iwai Shunji의 〈아즈미Azumi〉, 임상수 감독의 〈눈물Tears〉 등 모두 22편의 프로젝트가 초청되었다. 오늘부터 사흘간 열리는 행사를 통해 어느 정도 산업적인 성과를 거두느냐에 따라 HAF의 미래는 물론이거니와 PPP에도 어느 정도 영향을 미칠 것으로 예상된다. 개막 리셉션의 분위기만을 놓고 보자면 아직은 분위기가 무르익지 않았다는 인상을 받았다. 그러나 **93** HAF에 참가한 세계의 배급사나 제작회사의 면면을 보면 상당

한 성과를 거둘 것으로 예상된다. 그도 그럴 것이 우터 바렌드 **94**
렉 운영위원장이 선정한 프로젝트 중 상당수가 상업성이 충분
히 고려된 작품들이기 때문이다. 이제 부산국제영화제의 PPP
는 HAF와 협력 관계를 유지하면서도 경쟁을 해야 하는 부담을
안게 될 것 같다.

한편, 이번 홍콩영화제에 참가하고 있는 타이완영화
인들에 따르면 허우샤오셴의 신작 〈밀레니엄 맘보Millennium
Mambo〉의 촬영이 계속 연기되고 있다고 한다. 대신 그는 미국
으로부터 자본을 유치하여 인터넷 회사 설립을 준비 중인데, 자
신의 프로덕션의 웹사이트도 곧 개설할 예정이라고 한다. 이 웹
사이트에는 자신의 전 작품은 물론 신작에 관한 정보도 올릴 것
으로 알려졌다.

[현장취재 홍콩영화제] 4월 14일: 페리 타고 홍콩아트센터로 가는 길

〈십이야〉 신작 시사회

골든 하베스트사Golden Harvest가 최근 제작을 끝낸 〈십
이야Twelve Nights〉의 시사회가 영화제에 참가한 게스트를 대상
으로 열렸다. 오후 2시 반에 시네마메트로극장Cinema Metro에서
열린 시사회에는 200여 명의 게스트가 대거 참석하여 성황을
이루었다. 천커신Peter Chan이 제작하고, 여성 감독 오브리 램Oi

오브리 램 감독의 <십이야>

Wah Lam이 연출한 <십이야>는 한 젊은 남녀의 사랑과 이별을 아주 섬세하게 다루고 있는 우아한 멜로영화로 마지막 장면의 반전이 인상적이다. 감독인 오브리 램은 천커신의 영화사 UFO에서 시나리오를 쓰면서 천커신과 인연을 맺었으며, 이번 작품이 데뷔작이다. 남녀 주연을 맡은 장바이즈Cecilia Cheung와 천이쉰Eason Chan의 연기도 인상적이었다. 장바이즈는 지난해 <희극지왕King Of Comedy>으로 데뷔한 신인으로 지난 1년 사이에 <성원Fly Me To Polaris>, <극속전설The Legend Of Speed>, 그리고 <동경공략Tokyo Raiders>에 캐스팅되는 등 최근 각광을 받는 주목할 만한 신인으로 부상하고 있다. 시사회장에는 국내의 수입업자와 배급업자도 다수 참석한 것으로 봐서 국내 수입이 타진되고 있는 듯하였다.

새로운 섹션, '독립시대: 아시아의 새로운 영화와 비디오'

홍콩영화제가 부산국제영화제의 부상에 자극받아 새롭게 시작한 프로그램이 둘 있다. 그중 하나는 홍콩-아시아 필름 파이낸싱 포럼이며, 또 하나가 '독립시대: 아시아의 새로운 영화와 비디오The Age of Independents: New Asian Fims and Videos' 섹션이다. 지난해에 시작되어 홍콩아트센터Hong Kong Art Center와 공동

95

주관하는 이 섹션은 이름 그대로 아시아의 새로운 독립영화와 비디오를 소개하는 섹션이다. 올해는 11편의 장편과 17편의 단편이 소개되고 있다. 그런데 장편 11편 중 4편은 이미 지난해 부산국제영화제에서 소개되었던 작품들이었고, 눈에 두드러지게 띄는 작품은 없었다. 또 다른 아시아영화 섹션인 '아시안 비전'의 14편(이 중 5편이 부산국제영화제에서 소개)을 합쳐봐도 아무래도 최근 홍콩영화제의 아시아영화 프로그래밍이 부산보다는 처진다는 느낌을 지울 수가 없었다

이 섹션의 영화들은 홍콩섬의 완차이 지역 Wan Chai District 에 있는 홍콩아트센터에서 상영된다. 메인 극장인 홍콩문화센터에서 이곳으로 가는 길은 홍콩의 정취와 낭만을 맘껏 느낄 수 있다는 이점이 있다. 홍콩문화센터의 바로 옆에 있는 페리 부두에서 페리를 타고 홍콩섬으로 건너가(이 뱃길은 두 가지 코스가 있는데 하나는 시청이 있는 중환 Central 으로 가는 코스이고, 또 하나는 완차이 지역으로 가는 코스이다), 다시 트램을 타고 홍콩아트센터를 찾아가야 하는 것이다. 흔히 홍콩 관광 사진에서 보는 홍콩의 마천루를 가장 환상적으로 볼 수 있는 곳이 바로 페리 선상이며, 뱃삯도 2층은 2.2 홍콩달러(한화 약 300원)에 불과하며 그나마 1층은 더 싸다. 트램 역시 운임이 2달러에 불과하며, 트램 안에서 울리는 종소리도 마치 60년대로 되돌아 와있는 듯한 착각을 불러일으킬 정도로 무척 정겹다. 때문에 홍콩아트센터가 조금 외진 곳에 있어도 찾아가는 길이 전혀 지루하게 느껴지지 않는

다. 오늘은 홍콩과 마카오의 단편들과 창와이형 Chang Wai-hung (제 2회 부산국제영화제 뉴 커런츠 부문에 〈초승달 이후 After the Crescent 〉 초청)의 신작 〈혹성궤적 Among The Stars 〉이 상영되었다. 150석 정도 되는 홍콩아트센터 극장이 거의 만석을 이룰 정도로 관객들의 관심은 높았으나, 작품들의 수준은 전반적으로 실망스러웠다. 이 섹션에 한국 작품으로는 서명수 Suh Myung-soo 감독의 〈아침 또 아침 Morning and Morning 〉만이 초청되어 있다.

서명수 감독의 <아침 또 아침>

실비아 창, 한국에서 영화 찍는다

이번 홍콩 아시아 필름 파이낸싱 포럼에 새로운 프로젝트 〈활기찬 할머니 Dynamic Grandma 〉로 참가하고 있는 배우 출신의 여성 감독 실비아 창 Sylvia Chang 이 8월경에 한국에서 신작 촬영을 하고 싶다는 의사를 PPP 스태프에게 밝히고 협조를 요청해 왔다. 실비아 창에 따르면 〈활기찬 할머니〉를 찍기 전에 다른 작품을 완성시키기로 계약이 되어 있으며, 영화의 내용은 5명의 홍콩 젊은이들이 한국을 여행하다가 한 한국 여성을 만나게 되고, 그녀를 사이에 두고 벌어지는 에피소드라고 한다. 현재 그녀가 촬영 장소로 희망하고 있는 곳은 부산, 또는 서울인 것으로 전해졌다. 타이완 출생인 실비아 창은 1953년생으로 16살 때부터 배우로 활동하기 시작하여 금마장 Golden Horse Awards 주연상도 여러 차례 수상하는 등 배우로서 최고의 인기를 구가하였으나, 1979년부터 감독으로도 활동하기 시작하였다. 특히 지난해에 그녀가 연출한 금성무 Jincheng Wu, 량융치 Liang Yongqi 주연의 〈심동 Tempting Heart 〉이 홍콩에서 대히트를 기록하면서 현재 그녀에게 연출 섭외가 쇄도하고 있다고 한다.

홍콩영화제, 부산국제영화제를 높이 평가하다

홍콩영화제는 성격이 비슷한 부산국제영화제를 어떻

게 보고 있을까. 지난해에 이곳의 프로그래머를 맡고 있는 리척토가 공식 카탈로그의 서문에서 부산국제영화제를 거론하면서 이제 많은 사람이 부산국제영화제가 아시아 최고의 영화제라는 점을 인정하고 있다고 쓴 바 있지만, 올해는 평론가 샘 호Sam HO 역시 '아시안 비전' 섹션의 서문에서 부산국제영화제에 대해 언급하고 있다. 샘 호는 지난해 아시아영화 가운데 눈부시게 발전한 국가로 한국과 싱가포르를 지목하고, 한국영화의 발전 요인 중 하나로 부산국제영화제가 한국영화의 사기를 진작하고 해외 진출을 돕고 있다는 점을 꼽고 있다. 또한 《아시안 월스트리트 저널AWSJ》지의 기자 존 크리치John Krish도 부산국제영화제를 취재하여 다음 주 중에 상당 분량의 기사가 실릴 예정이다.

리밍, 장만위 콤비의 신작 개봉

오는 4월 20일 리밍Leon Lai, 장만위Maggie Cheung 콤비의 신작 멜로영화 〈첨밀밀 3-소살리토Love At First Sight〉가 이곳 홍콩에서 개봉된다. 왕정Wong Jing이 제작한 이 영화에 장만위가 출연하느라 허우샤오셴의 신작 촬영이 늦춰진 바 있다. 한편 이번 홍콩영화제에는 장만위가 프랑스에서 출연한 가벼운 코미디영화 〈오거스틴 2-쿵푸대왕Augustin, King Of Kung-Fu〉이 초청 상영되었다. 영화의 내용은 다음과 같다. 엑스트라 배우로 활동 중인 프랑스 청년 오거스틴은 평소 중국을 선망해왔다. 그의 유99 일한 취미는 극장에서 상영되는 쿵후 영화의 사운드를 녹음한 뒤 집에서 그 테이프를 틀어놓고 영화 속의 쿵후 장면을 흉내 내는 것이다. 어느 날 오거스틴은 본격적으로 쿵후를 배우기 위해 파리의 차이나타운으로 향한다. 하지만 그에게는 치명적인 신체적 결함이 있었으니, 조금만 신체 접촉이 있어도 정신이 혼미해지고 마침내는 기절해 버리고 마는 것이다. 그리하여 이를 치료하기 위해 중국인 침술사를 찾게 되는데, 그 침술사는 뜻밖에도 여자였다. 침술사 링(장만위)과 오거스틴은 점차 가까워지지만, 링이 다른 남자를 사랑한다고 믿게 된 오거스틴은 오랫동안 꿈꾸어 왔던 중국여행을 감행한다. 그리고, 몇 년의 세월이 흐른 뒤 링은 프랑스에서 결혼해서 안정된 삶을 누린다. 그렇다면, 오거스틴은? 그도 중국에서 중국 여인과 결혼해 아들까지 낳고 행복한 삶을 누린다. 무엇보다도 그의 아들이 쿵후를 열심히 배우는 것이 그의 가장 큰 즐거움이다. 이 유쾌한 코미디의 감독은 다름 아닌 여성감독 안느 퐁텐Anne Fontaine이며, 그녀는 97년에 발표한 〈드라이클리닝Nettoyage à sec〉으로 널리 알려져 있다.

[제24회 홍콩국제영화제 결산] **최우수 작품은 허안화의 〈천언만어〉**

1. 제19회 홍콩영화상 시상식
지난 4월 17일, 홍콩체육관에서 제19회 홍콩영화상 시상식이 있었다. 예년에는 홍콩국제영화제와 따로 개최되었으나, 올해부터는 영화제 기간 중에 열기로 하였다. 수상 내용은 다음과 같다.

최우수 작품상 : 허안화 Ann Hui, 〈천언만어 Ordinary Heroes 〉
최우수 감독상 : 조니 토 Johnnie TO, 〈미션 The Mission 〉
최우수 남우주연상 : 류더화, 〈암전 Running Out of Time 〉
최우수 여우주연상 : 나란 Lan Law, 〈폭렬형경 Bullets Over
Summer 〉

2. 홍콩국제영화제 피프레시상 시상식

홍콩영화제의 유일한 시상 분야인 피프레시 FIPRESCI(국제
영화평론가협회)상 시상식이 지난 4월 18일 홍콩문화센터 대극장
에서 열렸다. 홍콩영화제 피프레시상은 '아시안 비전'과 '독립시
대: 새로운 아시아영화와 비디오' 부문에 출품된 작품 가운데 최
우수 아시아영화를 선정하여 수여하는 상이다. 올해에는 대상작
11편 가운데 2편이 공동 수상하였으며, 내용은 아래와 같다.

〈2H〉(일본), 리잉 LI Ying
〈식스티나인 6ixtynin9 〉(태국), 펜엑 라타나루앙 Pen-Ek
Ratanaruang

〈2H〉는 이미 지난해 부산국제영화제에서 소개된바
있으며, 〈식스티나인〉의 펜엑 라타나루앙은 그의 데뷔작 〈펀
바 가라오케 Fun Bar Karaoke 〉가 제2회 부산국제영화제 뉴 커런츠

부문에 초청받은 바 있다.

3. 19살의 린칭샤, 30대의 남궁원을 보다

이번 홍콩영화제의 홍콩영화 회고전은 홍콩과 타 아시아 국가와의 합작에 관한 것이었다. 제2차 세계 대전 이후 80년대까지 만들어졌던 합작영화 가운데 30편을 상영하는 이번 프로그램에서 눈길을 끄는 작품이 몇 있었다. 그중 하나는 린칭샤Brigitte Lin 의 데뷔작이었다. 린칭샤는 본래 타이완 출신으로, 1972년 당시 19살의 나이로 영화에 데뷔하였으며 이번에 그 데뷔작인 〈창밖Outside The Winodow 〉이 소개되었다. 이 작품은 타이완의 유명한 대중소설가 경요Chiung Yao 의 원작을 영화화한 작품으로 타이완과 홍콩이 합작한 영화이다. 홀아비 선생님을 사랑하게 된 여고생에 관한 이야기를 그리고 있다. 〈동방불패Swordsman II 〉에서의 성숙한 모습만을 기억하고 있는 팬들이라면 19살의 깜찍한 린칭샤를 상상하기 어려울 것이다. 영화제에서는 새로운 작품만이 아니라 가끔 이렇게 흘러간 작품들을 발견하는 즐거움도 있다.

60년대와 70년대까지만 해도 한국은 여러모로 홍콩영화의 선생 노릇을 톡톡히 하고 있었다. 정창화Chung Chang-wha 감독처럼 홍콩 액션영화의 대부라 불우며 활동한 한국 감독도 있었다. 1968년에 당시 세계적으로 히트를 쳤던 제임스 본드James Bond 영화를 모방한 영화가 한국, 일본, 홍콩 합작으로 만들어

졌는데 그 작품이 바로 정창화 감독의 〈순간은 영원히 Special Agent X7〉이다. 이 영화에서는 남궁원 Nam Koong-won 씨가 주연인 특수요원으로 출연하며 여주인공으로 김혜정 Kim Hye-jeong 씨가, 그리고 악당역으로 최성호 Choi Sung-ho, 허장강 Heo Jang-gang, 윤일봉 Yoon Il-bong 씨가 출연하고 있다. 우리의 추억 속에 남아 있는 왕년의 명배우들의 젊은 시절 모습을 볼 수 있다는 것도 커다란 즐거움이지만 중국어를 하는 남궁원 씨의 모습을 보는 것도 색다른 즐거움이었다.

103

[국제신문 2000년 5월 19일 자 기고] '한국영화' 새바람 체감: PIFF 프로그
래머 김지석 씨 참관기   **104**

　　21세기의 첫 칸영화제Cannes Film Festival가 지난 10일 성
대하게 문을 열었다. 올해의 칸영화제는 영화제 53년 사상 처
음으로 프랑스 총리가 참석하여 개막식을 빛냈으며, 개막식에
서 공연을 전혀 하지 않던 관례를 깨고 30여 분간의 공연도 열
렸다. 하지만 여전히 어떠한 연설도 없는 깔끔한 개막식 진행을
보여주었다. 한국 게스트로는 〈춘향뎐Chunhyang〉 제작팀과 부
산국제영화제 관계자만이 초청을 받아 칸영화제 개막식의 높은
벽을 실감할 수 있었다.

　　올해의 칸영화제는 새천년을 맞아 새로운 변신을 꾀한
흔적이 곳곳에서 눈에 띄었다. 우선 먼저 마켓의 시설을 대폭
확장하여 세계에서 가장 권위 있는 마켓으로서의 위치를 확고
히 다지겠다는 의지를 엿볼 수 있었다. 영화제 본부가 있는 팔
레 데 페스티발Palais des Festivals 건물 옆에 리비에라Riviera라고 하
는 새로운 건물을 신축하여 마켓 공간을 대폭 확장하였으며, 참
가자 수도 지난해에 비해 대폭 늘어난 6천여 명에 달하였다. 특
히 한국에서도 무려 5개 회사나 단체의 부스가 설치되어 최근
급성장하고 있는 한국 영화산업의 현주소를 단적으로 보여주었
다. 영화를 사겠다는 한국 바이어들만 북적댔던 과거에 비해 한
국영화를 상품으로 내놓고 파는 부스가 이렇게 급증한 데에는

세계로 눈을 돌리려는 이러한 젊은 한국 영화인들의 패기와 열정이 있었다. 영화제 중반인 지금까지 이들 한국영화 부스에 몰려드는 외국 바이어들이 기대 이상으로 북적대고 있어 아마도 성공적인 한국영화 판매 실적을 올릴 것으로 기대된다.

하지만 올 칸영화제의 가장 급격한 변화는 외국인 게스트에 대한 배려였다. 그동안 칸영화제는 외국인 게스트에게 그다지 친절한 영화제가 아니었다. 영어를 할 줄 아는 스태프도 극히 드물었을 뿐 아니라 모든 영화가 프랑스어 자막으로만 상영되었다(물론 영어 동시통역이 따르기는 했지만 불편함은 마찬가지였다). 그런데 올해부터는 '감독주간Directors' Fortnight'을 제외한 모든 섹션의 극장에서 프랑스어와 함께 영어 자막도 함께 제공하고 있다. 이러한 변신은 그동안 권위와 오만의 상징으로 비쳐졌던 칸영화제의 이미지 개선에 크게 기여할 것으로 보인다.

올 칸영화제 프로그램의 가장 두드러진 특징 중의 하나는 '아시아영화의 약진'일 것이다. 아시아영화 가운데서도 가장 주목받는 국가는 역시 한국과 이란이다. 한국은 학생영화 부문인 '시네파운데이션Cinéfondation'을 제외한 모든 섹션에 작품을 초청받았으며, 이란은 신인 감독의 작품만 3편이 경쟁부문과 기타 섹션에 초청받았다.

영화제 중반인 지금까지 한국영화는 정지우Jung Ji-woo 감독의 〈해피엔드Happy End〉와 이창동Lee Chang-dong 감독의 〈박하

이창동 감독의 <박하사탕>

사탕 A Peppermint Candy >이 상영되었다. **106** 이 두 작품에 대한 현지 언론의 평가는 비교적 호의적인데, 특히 <박하사탕>에 대한 평가는 극찬에 가까울 정도이다. 거의 모든 데일리(영화제 일일 소식지)들이 <박하사탕>을 비중 있게 다루었고, 프랑스의 유력 일간지인 《리베라시옹 Libération 》은 "아주 정교하고 세밀한 전개 방식, 동시에 멜로적인 효과는 거의 없는 아름다운 멜로드라마인 <박하사탕>은 겹겹의 층으로 이루어진 이야기로 아주 우아하게 구성되어 있다"고 호평하고 있다. 이창동 감독이 이곳 칸에서 새롭게 주목받는 작가로 부상한 것이다. 칸영화제 초반에 <박하사탕>이 분전하여 한국영화의 위상을 높여주었다면, 이제 후반부에는 임권택 감독의 <춘향뎐>과 홍상수 감독의 <오! 수정 Virgin Stripped Bare By Her Bachelors >이 그 뒤를 이을 차례이다. 이곳 현지의 분위기는 이들 두 작품에 대한 기대 역시 무척 높은 편이다.

이곳 칸에서 한국영화에 대한 관심은 비단 작품에 대한 것만이 아니다. 지난해 한국영화가 기록한 자국 시장 점유율 40%에 대해 모두들 놀라워하고 있으며, 데일리에서도 한국영화 관련 기사가 빠지는 날이 하루도 없을 정도로 관심이 높다. 그런가 하면, 부산국제영화제의 PPP에 대해서도 기획 기사가 실린 바 있다.

　　이는 많은 세계의 영화관계자들이 부산국제영화제와 긴밀한 관계를 유지하고 싶어 하는 현상들을 반영한 결과이다. 지난 15일에 있었던 부산국제영화제와 유럽영화진흥기구European Film Promotion와의 미팅에서도 상호 협조 사항에 대해 심도 있는 대화를 나누었으며 특히 프랑스 정부는 올해 부산국제영화제에 참가하는 프랑스 게스트의 모든 경비를 부담하기로 결정할 정도로 부산국제영화제의 중요성을 높이 평가하고 있다.

　　이제 칸영화제는 중반을 향해 달려가고 있다. 그 어느 때보다도 한국영화에 대한 관심이 두드러졌고, 또한 한국영화의 해외 세일즈가 본격적으로 뿌리를 내렸다고 평가를 할 수 있을 정도로 한국영화는 성공적인 성과를 거두었다. 하지만 약 500여 명에 달하는 한국 측 참가자들이 칸영화제에서 모두 자기 나름의 역할을 다했는지에 대해서는 많은 의문이 남는다. 칸영화제는 단순히 관광을 즐기려 참가할 만큼 한가로운 행사가 아니기 때문이다.

107

[칸영화제 소식] **모흐센 마흐말바프 신작 프로젝트**

큰딸 사미라의 〈칠판〉 제작자 자격으로 칸영화제에 참가하고 있는 모흐센 마흐말바프가 자신의 신작 〈칸다하르 Kandahar〉의 PPP 참가 신청서를 제출했다. 아프가니스탄에 사는 동생을 만나기 위해 이란을 경유하는 아프가니스탄 출신의 캐나다 여성의 이야기를 다루고 있는 이 작품은 올가을에 촬영을 시작할 예정이다. 올해 PPP는 모흐센 마흐말바프와 같은 대가들의 신작 프로젝트가 대거 참가할 예정이어서 그 위상이 한층 높아질 전망이다.

[칸영화제 소식] **논지 니미부트르, 신작 〈잔 다라〉 촬영**

지난해 〈낭낙 Nang Nak〉으로 태국영화 사상 최고의 흥행 기록을 세운 논지 니미부트르 Nonzee Nimibutr가 신작을 만든다. 지난해 부산국제영화제에도 참가한 바 있는 제작자 듀앙카몰 림차로엔 Duangkamol Limcharoen에 따르면 홍콩의 어플로즈사 Applause Pictures와 태국의 시네마시아사 Cinemasia가 공동으로 제작하게 되며, 1964년에 출간되었다가 선정성을 이유로 곧바로 판매 금지되었던 웃사나 플룽탐_{Utsana Phleungtham}의 동명 소설이 원작이다.

[칸영화제 소식] 중국 정부, 지앙웬의 〈귀신이 온다〉 상영 취소 요구

중국 정부는 이번 칸영화제 경쟁부문에 초청된 지앙웬의 〈귀신이 온다_{Devils On The Doorstep}〉가 중국 정부의 공식 상영 허가를 얻지 못한 작품이라는 이유로 상영 취소를 요구해왔다. 하지만 칸영화제 측은 중국 정부의 이러한 요구를 일축하였고, 배급사인 포르티시모 역시 예정대로 상영하는 데 지장이 없도록 하겠다고 밝혔다. 결국 13일 오전 11시 〈귀신이 온다〉의 공식 상영은 예정대로 진행되었고 평단으로부터도 호평을 받았다. 한편 지앙웬은 이번 사건으로 당분간 중국으로 돌아가지 않을 것으로 알려졌다. 중국으로 돌아가면 여권을 압수당할 것은 물론 당분간은 영화를 만들 수 없을 것이라는 사실을 잘 알고 있기 때문이다.

[칸영화제 소식] 영화 리뷰 - 사미라 마흐말바프의 〈칠판〉

109   칸영화제 사상 최연소 경쟁부문 진출 감독인 사미라 마

위) 사미라 마흐말바프 감독의 <칠판>
아래) 지앙원 감독의 <귀신이 온다>

흐말바프의 〈칠판〉이 12일 그 모습을 드러냈다.

이제 겨우 20살인 사미라가 〈칠판〉에서 하고자 하는 이야기는 사실 무겁기 그지없다. 이란과 이라크의 국경지대에서 힘든 삶을 이어가는 쿠르드족에 관한 이야기를 하고 있는 것이다. 이란과 이라크의 국경지대에는 칠판을 등에 지고 학생을 찾아다니는 일단의 선생님들이 있다. 그들 중 리보아Reeboir와 사이드Said는 각기 다른 집단의 사람들을 만나게 된다. 리보아는 무거운 짐을 지고 국경을 넘나드는 소년들을 만나는 반면, 사이드는 안전한 곳으로 대피 중인 일단의 노인들을 만난다. 리보아는 소년들을 가르치려고 하지만 소년들은 리보아를 경계하며 배움을 기피하고, 사이드는 한 노인의 과부 딸과 억지 결혼을 하게 된다. 하지만 그들에게 닥친 가장 큰 어려움은 국경 근처에서 그들에게 가해지는 총격이다. 결국 짐을 나르던 소년들 중 많은 수가 총에 맞아 사망하고, 노인들 역시 숱한 어려움을 겪은 끝에 국경을 넘지만 사이드는 그들을 따라가지 않는다.

올해 이란영화는 유난히 쿠르드족에 관한 이야기를 많이 다루고 있다. 이 작품 외에도 파르하드 메흐란파르의 신작 〈사랑의 전설〉이나 이번 칸영화제 감독주간에 초청된 바흐만 고바디Bahman Ghobadi의 〈취한 말들을 위한 시간A Time For Drunken Horses〉 역시 쿠르드족에 관한 이야기를 다루고 있다. 이들 작품들은 공통적으로 쿠르드족의 아름다운 문화를 그리고 있으며, 〈칠판〉역시 힘든 삶을 살지만 희망을 잃지 않는 쿠

111

르드족을 이야기하고 있다. 사미라는 20살의 어린 나이답지 않
게 쿠르드족의 문화와 풍습을 충분히 이해한 상태에서 상당히
높은 수준의 시각적 성취와 주제를 끌어내고 있다. 산세가 험
한 돌산에서 칠판을 등에 지고 산을 힘겹게 오르는 도입부 장면
에서부터 강렬한 인상을 주는 이 작품은 작품 내내 뚜렷한 시각
적 이미지를 담아내고 있다. 특히 사이드가 노인들과 헤어져 돌
아서는 마지막 부분에서 사이드가 아내에게 글을 가르치기 위
해 칠판에 썼던 '사랑합니다'라는 글귀가 클로즈업되는 장면은
사미라가 말하고자 하는 주제를 가장 함축적으로 보여주고 있
다. 사미라는 국경 근처인 데다 험준한 산악지방에서의 어려운
촬영을 용감하게 이겨냈고, 사실성을 살리기 위해 출연진 대부
분을 실제 쿠르드족 사람들로 기용하였다. 특히 재미있는 것은
위에서 언급한 감독 바흐만 고바디가 리보아로 출연하고 있다
는 점이다. 모흐센 마흐말바프의 조감독 출신인 바흐만 고바디
는 실제 쿠르드족으로 이전에도 쿠르드족에 관한 단편이나 다
큐멘터리를 여러 편 제작한 경험이 있기도 하다. 바흐만 고바디
는 이번 칸영화제에 감독으로서, 또 배우로서 참가하고 있는 셈
이다.

이 작품은 사미라의 아버지인 모흐센이 집과 자동차를
팔아 일부 제작비를 충당하였고, 이탈리아 영화사인 파브리카
Fabrica사가 나머지 제작비를 투자하여 완성된 작품이다. 파브리
카사는 로카르노영화제 집행위원장인 마르코 뮐러가 대표로 있

는 영화사로, 젊고 유망한 감독에게 집중적으로 투자하는 영화사로 정평이 나 있다(지난해 베니스영화제에서 감독상을 수상하였고, 부산국제영화제에도 초청된 바 있는 장위안의 〈17년 후 Seventeen Years 〉 역시 파브리카사에서 투자한 작품이다). 그래서 〈칠판〉이 상영될 때에는 마르코 뮐러가 제작자의 자격으로 사미라와 함께 자리를 하기도 하였다.

〈칠판〉의 탄생은 역시 모흐센 마흐말바프의 영화관과 신념이 바탕이 되었다고 볼 수 있다. 그는 늘 자신의 가정이 곧 세계이며, 학교이며 또 영화사라는 생각을 지니고 있었으며, 가족들에게도 영화를 만들 기회를 제공해 왔다. 그래서, 마흐말바프가家는 앞으로도 연구의 대상이다.

[칸영화제 소식] 줄리아 오몬드의 감독 데뷔

국내에는 〈가을의 전설 Legends Of The Fall 〉의 주연 여배우로 잘 알려진 줄리아 오몬드 Julia Ormond 가 감독으로 데뷔한다. 오몬드가 감독할 원작은 카렌 블릭센 Karen Blixen 의 소설 『꿈꾸는 소년 The Dreaming Child』으로 미국의 신생 독립영화사 블루비전 Blue Vision Film 에서 제작을 맡는다. 19세기 귀족 가문에 입양된 빈민가 출신의 7세 소년에 관한 이야기다.

113

　　할리우드의 20세기 폭스사가 뤽 베송 Luc Besson 의 〈택시 Taxi〉를 리메이크하기로 결정했다고 현지 언론이 보도했다. 뤽 베송이 제작한 〈택시 2 Taxi 2〉는 최근 프랑스에서만 1,000만 명이 넘는 관객을 동원하는 대성공을 거둔 것으로 알려졌다.

[칸영화제 소식] **영화 리뷰 - 에드워드 양의 〈하나 그리고 둘〉**

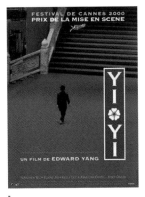

에드워드 양 감독의
〈하나 그리고 둘〉

　　영화제가 중반으로 접어든 15일 현재까지 경쟁부문에서 열광적인 반응을 얻은 작품 가운데 하나는 에드워드 양 Edward Yang 의 〈하나 그리고 둘 A One And A Two〉이다. 15일 오후 3시 뤼미에르 대극장 Grand Theatre Lumiere 에서 에드워드 양과 배우들이 참석한 가운데 열린 공식상영이 끝난 뒤 관객들은 약 10여 분 동안 기립박수를 쳤다.

　　무려 3시간이 넘는 이 작품의 줄거리는 그다지 특별한 것이 없다. 중년의 가장 엔지 NJ 의 가족들(어머니, 아내, 딸, 아들, 처남, 처남의 아내)과 주변의 일상적인 이야기들로 구성되어 있는 것이다. 에드워드 양은 타이완의 현대사와 타이베이에서 살아가는 소외된 현대인이라는 종래의 주제에서 벗어나서 가족 구성원의 개인적인 이야기로 인간의 보편적인 삶에 대해 이야기한다. 에드워드 양은 초등학생인 아들에서부터 기성세대에 이르기까지 그들이 느끼는 고통과 환희가 전혀 다른 것 같지만 사실은 얼마나 닮아있는가를 꼼꼼히 설명한다.

그러기 위해서 에드워드 양은 다양한 연령층의 개인적인 이야기를 풀어내는데, 다양한 등장인물로 인해 자칫 산만해지기 쉬운 이야기 구조를 거의 완벽하게 짜 맞추어 나간다. 특히 어머니가 혼수상태에 들어간 뒤 어머니가 듣건 듣지 않건 가족들이 많은 이야기를 들려주어야 한다는 의사의 충고에 따라 가족의 구성원들이 어머니 앞에 앉았을 때, 할 얘기가 왜 그렇게 없는가라며 당혹해하는 장면은 가족 모두가 느끼는 소외감을 가장 극명하게 보여주고 있다.

이혼과 거듭되는 제작 지연으로 인해 지난 몇 년간 많은 고통을 겪었던 에드워드 양이 이제는 정말 대가라 불러도 좋을 만큼 원숙해진 모습으로 다시 돌아왔다. 타이완영화계로서는 크나큰 축복이 아닐 수 없다.

115

칸영화제 경쟁부문에 〈어둠 속의 댄서Dancer In The Dark〉를 출품한 라스 폰 트리에Lars Von Trier가 칸 이후 세 편의 신작 프로젝트를 진행할 것으로 알려졌다. 세 편 모두 덴마크의 독립영화사 젠트로파Zentropa Entertainments에서 제작하게 되는데 그중 첫 번째 작품은 코미디로 내년 6월에 촬영에 들어갈 예정이다. 〈브레이킹 더 웨이브Breaking The Waves〉, 〈백치들The Idiots〉, 〈어둠 속의 댄서〉 등 주로 여성과 희생을 주제로 다뤄온 라스 폰 트리에의 신작은 남성에 관한 이야기다.

[칸영화제 소식] 영화 리뷰 - 비비언 장, 〈금지된 속삭임〉

정지우 감독의 〈해피엔드〉와 함께 비평가주간Critics' Week에서 상영된 영화 중 타이완의 비비언 장Vivian Chang 감독의 〈금지된 속삭임Hidden Whisper〉이 있다. 미국에서 공부한 뒤 실비아 창과 차이밍량의 조감독을 지낸 바 있는 비비언 장의 데뷔작은 모두 세 개의 에피소드로 이루어져 있다. 한쪽 다리를 잃은 아버지와 함께 거리에서 구걸을 하는 어린 소녀, 훔친 남의 신분증으로 살아가는 17세 소녀, 끝없이 가출을 반복하다가 병석에 누운 어머니와 화해하는 30살의 여인에 관한 이야기가 그

것이다.

비비언 장은 이 세 편의 이야기를 통해 여성의 성장, 딸과 어머니의 관계에 대해 세심한 고찰을 하고 있다. 세 편 모두 비교적 탄탄한 드라마 구조를 지니고 있는 데다 심리 묘사에 상당한 재능을 보이고 있다.

<금지된 속삭임>은 최근 타이완영화가 침체기에 빠지자 한국의 영화진흥위원회에 해당하는 중앙전영 Central Pictures Corporation 이 이를 타개하기 위해 의욕적으로 제작에 나선 작품 중 하나다. 중앙전영은 작품의 대중성도 염두에 둔 듯 캐스팅에 신경을 많이 써 수치 Shu Qi 가 세 번째 에피소드의 주연으로 등장한다. 이 작품은 페기 차오가 대표로 있는 타이완 필름 센터 Taiwan Film Center 가 해외 배급을 맡고 있다.

비비언 장 감독의 <금지된 속삭임>

[칸영화제 소식] 천카이거, 차기작 결정

천카이거 Chen Kaige 가 첫 영어권 영화를 제작할 것으로 알려졌다. 제목은 <킬링 미 소프트리 Killing Me Softly>이며 제작

117

은 톰 폴록Tom Pollock과 이번 라이트먼Ivan Reitman의 몬테시토 필름The Montecito Picture Company이 맡았다. 지난해 미라맥스Miramax와 만들기로 했던 〈장미The Rose 〉는 당분간 늦춰질 것으로 보인다. 니키 프렌치Nicci French의 베스트셀러 소설을 각색한 〈킬링 미 소프트리〉는 오는 10월부터 영국에서 올 로케이션으로 촬영된다.

[칸영화제 소식] 스크린쿼터 집회

칸영화제에서 한국 영화인들의 스크린쿼터 사수 투쟁이 펼쳐졌다. 15일(현지 시각) 낮 12시 30분 칸영화제 본부 건물인 팔레 데 페스티벌 앞에서 임권택 감독을 비롯한 한국 영화인 40여 명은 미리 준비한 스크린쿼터 홍보 전단을 배포하면서 가두 캠페인을 벌였다.

국내외 언론이 주목한 가운데 열린 이날 집회에서 영화진흥위원회 유길촌Yu Gil-chon 위원장, 부산국제영화제 김동호 집행위원장, 시네마서비스Cinema Service Co.,Ltd. 강우석Kang Woo-suk 대표, 〈쉬리Swiri 〉의 강제규Kang Je-kyu 감독 등은 스크린쿼터의 필요성을 각국 영화인들에게 알리는 한편 영상문화의 다양성을 유지하기 위해 국제연대 기구를 발족시키자고 제안했다.

행사를 준비한 스크린쿼터문화연대Coalition for cultural

Diversity in Moving Images 양기환Yang Ki-hwan 사무국장은 "각국의 영화인들은 할리우드의 독점적 지배에 대항해 영상문화의 종 다양성을 지키려는 스크린쿼터 투쟁에 원칙적으로 동의하고 있다"며 "영화제 기간 동안 각국의 영화인들을 만나 스크린쿼터 국제연대 기구에 대한 의견을 나누고 한국이 그 창구 역할을 하려는 의지가 있다는 것을 전할 예정이다"고 말했다.

2천 5백여 개의 프레스 박스에 스크린쿼터 관련 자료를 배포한 스크린쿼터문화연대는 16일 가두 캠페인을 한 차례 더 가진 뒤 영화진흥위원회 부스에서 《르 몽드Le Monde》 등 내외신 기자가 참가하는 기자 회견을 가졌다.

119

[도쿄필름엑스 소식 제1신] **일본 최고 영화제 전문가들이 다 모이다**

제1회 도쿄필름엑스 포스터

아시아 '신작가주의' 영화제라는 기치를 내걸고 출범한 제1회 도쿄필름엑스영화제Tokyo FILMeX Festival(이하 '도쿄필름엑스')가 어제 그 막을 올렸다. 행사의 시작은 심포지엄이었다. 오후 4시 긴자의 다이이치 호텔Daiichi Hotel에서 진행된 심포지엄은 2부로 나뉘어 개최되었으며, 1부는 '동아시아영화의 현재 상황', 2부는 '아시아에서의 국제적 공동제작'이라는 주제의 발제와 토론이 있었다. 1부에서는 토니 레인즈(부산국제영화제 어드바이저)가 발제를 하였으며, 2부에서는 엥가메 파나히Hengameh Panahi(프랑스 배급사 셀루로이드 드림Celluloid Dreams 사 사장), 쓰케다 나오코Naoko Tsukeda(일본 포니 캐년Pony Canyon 제작자)와 함께 정태성 부산국제영화제 PPP 수석운영위원이 발제를 하였다. 토니 레인즈는 동아시아영화의 최근 경향에 대해 발제하면서 한국영화를 특히 많이 언급하였다. 그는 예술적 측면과 산업적 측면 모두 놀라운 성과를 거두고 있는 한국영화를 아시아영화의 나아가야 할 방향의 모델로까지 이야기하였다. 또

한, 2부에서는 PPP의 성과와 역할에 대해 집중적인 질문이 쏟아져 이곳 일본영화계에서 PPP에 보내는 지대한 관심을 엿볼 수 있었다. 심포지엄이 끝난 다음에는 필자를 포함한 이번 영화제 심사위원 소개에 이어 참여 감독들의 소개와 인사가 있었다. 그리고 리셉션으로 첫날 행사가 마무리되었다.

비록 조촐한 첫출발이었지만, 도쿄필름엑스는 여러모로 장래가 기대되는 영화제라는 평가를 할 수 있을 것 같다. 그 이유는 첫째, 아시아의 독립영화를 발굴, 지원한다는 뚜렷한 방향 설정(할리우드 블록버스터를 매년 개·폐막작으로 올리는 도쿄영화제와 너무나 비교가 된다)을 하였다는 점이고, 둘째는 스태프진에 대한 신뢰 때문이다. 필자가 보기에 도쿄필름엑스에는 일본 최고의 영화제 전문가가 다 모였다는 판단이 든다. 먼저, 집행위원장인 이치야마 쇼조Ichiyama Shozo. 그는 쇼치쿠Shochiku 출신으로 허우샤오셴, 아볼파즐 잘릴리, 지아장커 Jia Zhangke 의 작품을 제작한 바 있는 제작자이다. 또한 수년간 도쿄영화제의 '시네마 프리즘' 부문 프로그래머를 맡기도 하였다. 도쿄영화제가 그나마 국제영화제다운 면모를 유지할 수 있었던 것도 바로 '시네마 프리즘' 부문이 있었기 때문이었다. 그러나 이치야마 쇼조는 도쿄영화제의 지나친 상업화와 경직된 자세에 반발, 결국 지난해에 사표를 내고 말았다. 코디네이터를 맡고 있는 후지오카 아사코 Fujioka Asako는 현재 일본에서 개최되고 있는 영화제 가운데 가장 높은 평가를 받는 야마가타영화제의 아시아 담당 프로그래

121

머를 맡고있는 아시아 다큐멘터리 전문가이다. 또한 어드바이저인 하야시 가나코는 가와키타기념영화문화재단에서 오랫동안 해외업무를 담당했으며, 베를린영화제 포럼, 베니스영화제의 아시아영화 선정을 돕고 있는 국제영화제 통이다. 이처럼 능력과 비전을 고루 갖춘 인력들이 모여 출범하는 영화제인지라 성공을 기대하는 것이다. 필자의 오랜 친구들이기도 한 이들은 부산국제영화제의 목표와 방향이 도쿄필름엑스와 일치하는 부분이 많다는 점에서 상호 협력과 교류를 강력하게 원하고 있었다.

대개 첫출발이 그렇듯이 첫날에는 약간의 혼선도 있었다. 심사위원장으로 내정되었던 압바스 키아로스타미가 갑작스러운 와병으로 불참하였으며, 때문에 심사위원 선정이 늦어지고 내용도 수정되었다. 최종적으로는 아르투로 립스테인 Arturo Ripstein(멕시코, 감독), 벨라 타르 Béla Tarr(헝가리, 감독), 자파르 파나히(이란, 감독), 아라키 게이코 Araki Keiko(일본, 피아영화제 집행위원장), 그리고 필자 등 5명이 심사위원으로 위촉되었다. 도쿄필름엑스는 모두 5개의 부문으로 나뉘어 진행되는데, 경쟁부문과 특별상영, 감독회고전, 비디오프로그램, 심포지엄 등이 그것이다. 올해의 경우 경쟁부문에는 류승완 Ryoo Seung-wan 감독의 〈죽거나 혹은 나쁘거나 Die Bad〉와 제5회 부산국제영화제 뉴 커런츠상 수상작 마르지예 메쉬키니의 〈내가 여자가 된 날〉 등 모두 11편이 초청되었으며, 특별상영 부문에는 개막작인 사미

류승완 감독의 <죽거나 혹은 나쁘거나>

라 마흐말바프의 〈칠판〉(이란), 폐막작인 아모스 지타이Amos Gitai의 〈키푸르Kippur〉(이스라엘) 등 13편이 초청되었다. 그리고 감독 회고전에서는 전설적인 이란의 감독 소흐랍 샤히드 살레스Sohrab Shahid Saless의 유작 2편이 소개되며, 비디오프로그램에는 손재곤Son Jae-gon 감독의 〈너무 많이 본 사나이The Man who Watched too Much〉를 비롯해 모두 9편이 초청, 상영될 예정이다.

　　필자의 입장에서 보면 대부분의 작품이 이미 올해 부산국제영화제에 초청, 상영된 작품들이라 다소 아쉽기는 하지만, 이곳 일본에서는 다들 낯선 작품들이라 기대를 많이 하는 듯하였다. 한편, 개막식 날 깜짝 공개한다고 하였던 작품은 다름 아닌 마니 라트남Mani Ratnam의 〈물결Sakhi〉(인도)이었다. 이 작품 역시 이미 부산국제영화제에서 상영한 바 있다.

123

오늘(12월 17일)은 오후부터 가랑비가 내리면서 비교적 포근했던 날씨가 을씨년스러워졌다. 메인 극장인 '르 테아트르 Le Theatre'에서는 아침 11시부터 개막작인 사미라 마흐말바프의 〈칠판〉의 상영을 시작으로 모두 5편의 영화가 상영되었고, 이 중 경쟁부문 영화는 마르지예 메쉬키니의 〈내가 여자가 된 날〉 과 우지타 다카시 Ujita Takashi의 〈슬플 정도로 부실한 밤하늘에 Ryuko, in the Unfaithful Evening〉가 상영되었다. 오사카예술대학 졸업 작품으로 만들어진 〈슬플 정도로 부실한 밤하늘에〉는 저예산 독립영화의 전형을 보여주는 작품이 었다. 류코 Ryuko와 그녀의 아버지, 그리고 남동생의 가족 관계를 그린 이 작품은 일반적으로 일본영화가 그리고 있는 가족 관계, 특히 아버지의 모습을 전혀 다르게 비틀었다. 아버지는 직장에서 해고당한 뒤 집안에서 빈둥거리며, 남동

우지타 다카시 감독의
〈슬플 정도로 부실한 밤하늘에〉

생은 남의 집 창문을 새총으로 깨트리는 것을 유일한 취미로 가지고 있는 반건달이다. 류코는 집안일을 하다가 졸지에 생활비를 벌어야 하는 상황에 부닥쳤다. 별다른 학벌이나 기술이 없

는 그녀가 택한 것은 성인 비디오 영화에 출연하는 것이었다. 결국 이 사실을 알게 된 아버지는 그녀를 추궁하고, 류코는 집을 뛰쳐나간다. 하지만 그것도 잠시. 아버지는 류코에게 손을 벌리게 된다. 이미 전통적인 가족 관계나 아버지의 권위가 모두 깨어져 버린 현대 일본의 모습을 은근히 꼬집고 있는 영화였다. 슈퍼 16mm로 만든 뒤 35mm로 확대한 이 작품은 대학 졸업 작품이라고는 믿기지 않을 만큼 탄탄한 짜임새를 보여주고 있었다.

　　이곳 일본에 살고 있는 이란인으로, 필자의 오랜 친구이자 이란과 일본의 영화산업의 가교역할을 하고 있는 쇼흐레 골파리안Shohreh Golparian이 필자에게 뜻밖의 소식을 전해 주었다. 그녀에 따르면 현재 닛카쓰Nikkatsu가 대부분의 제작비를 대는 특별한 프로젝트가 추진 중이라는 것이다. 내용은 '실크로드와 함께 하는 영화'쯤이 될 것 같다. 즉, 실크로드를 지나는 국가의 대표적 감독 5명을 선정하여 실크로드와 관련된 주제의 영화를 만드는 계획인 것이다. 이미 이란 감독으로는 압바스 키아로스타미가 결정되었고, 중화권에서는 장이머우Zhang Yimou나 이안Lee Ang이 물망에 올라있다고 한다. 이 프로젝트에 직접 참여하고 있는 쇼흐레 골파리안은 여기에 한국 감독을 반드시 포함시킬 것이며, 필자에게 추천을 의뢰하였다. 그리고 영화제가 끝나기 전에 다시 한번 만나서 이 문제에 대해 상의하기로 하였다. 어쩌면 내년에는 상당히 특별한 의미가 있는 시리즈 영화가 탄생할 것 같다.

125

오늘 경쟁부문 영화 3편이 상영되었다. 아피찻퐁 위라세타쿤Apichatpong Weerasethakul의 〈정오의 낯선 물체Mysterious Object At Noon〉(태국)와 류승완 감독의 〈죽거나 혹은 나쁘거나〉, 그리고 로예Lou Ye 감독의 〈수쥬Suzhou River〉(중국)가 그것으로, 〈정오의 낯선 물체〉는 올해 부산국제영화제에서는 소개하지 않았지만 실험성이 돋보이는 작품이다. 픽션과 논픽션을 뒤섞고, 하나의 이야기를 제작팀이 만나는 사람들로부터 릴레이식으로 이끌어 내는 독특한 형식의 작품으로, 문제는 너무 난해하여 일반 관객이 쉽게 이해하기 힘들다는 맹점이 있는 작품이다. 〈죽거나 혹은 혹은 나쁘거나〉는 전체 객석의 1/4 정도가 찼지만, 반응은 비교적 괜찮은 편이었다. 특히 '문신' 운운하는 장면에서는 폭소도 터져 나왔고, 영화가 끝난 뒤에는 박수도 나왔다. 20명 정도가 관람하였고, 심드렁한 반응을 보인 〈정오의 낯선 물체〉에 비하면 양호한 편이었다. 한 가지 안타까운 것은 류승완 감독이 공항에서 극장까지 오는 길에 교통이 심하게 막혀 관객과의 대화에 참가하지 못했다는 것이다. 대신 언론으로부터의 인터뷰도 세 군데나 잡혀 있었고, 제작사인 CNP 직원들도 이곳 일본의 배급사들과 열심히 이야기를 나누고 있어 성과를 기대하게 하였다.

오전에는 특별초청작 중 한편인 잠쉐드 우스마노프

Jamshed Usmonov의 〈우물 The Well〉(타지키스탄)을 볼 수 있었다. 잠쉐드는 한국의 민병훈 MIN Byung-hun 감독과 함께 〈벌이 날다 Flight of the Bee〉를 만들었던 바로 그 감독으로, 지금은 파리에 살면서 차기작을 준비 중이다. 〈우물〉은 지난 1991년에 촬영을 끝냈으나, 돈이 없어 후반 작업을 못 한 채 썩혀두고 있던 작품이었다. 다행히 유럽에서 후원자를 구해 후반 작업을 마칠 수 있었고, 지난 7월에 로카르노영화제에서 초연된 바 있다. 내용은 〈벌이 날다〉의 원형을 보는 듯했다. 타지키스탄의 어느 시골마을에 사는 고등학생인 쿠르체드는 늘 멀리 떨어져 있는 우물의 물을 길어 나른다. 그는 자신의 키가 작은 이유가 무거운 물을 길어서라고 생각하고 가출을 선언한다. 할 수 없이 아버지는 집 마당에 우물을 파기 시작하지만, 커다란 바위가 있어 작업은 지지부진이다. 비록 흑백영화에 거친 영화였지만, 재능을 느낄 수 있는 영화였다.

영화제 전반은 대체로 차분한 느낌을 많이 준다. 낯선 아시아의 독립영화를 주로 소개하는 영화제인 데다, 크리스마스 시즌이 가까워 관심이 다른 곳으로 많이 쏠려 있는 탓인 듯하다. 관객도 어제 있었던 스탠리 콴 Stanley Kwan의 〈유시도무 The Island Tales〉가 매진된 것 말고는 대체로 회당 100명 안팎의 관객이 극장을 찾고 있다. 집행위원장인 이치야마 쇼조도 이런 점을 감안, 내년에는 1주 정도 일정을 앞당길 것을 검토하고 있다고 했다.

127　　영화제와는 관계없지만, 일본영화 신작 소식은 계속 확

인되고 있는 중이다. 지난해에 〈키치쿠Kichiku〉로 토리노영화 제Torino Film Festival에서 상을 수상한 바 있는 기대주 구마키리 가즈요시Kumakiri Kazuyoshi가 두 번째 작품 〈하늘의 구멍Hole In The Sky〉을 드디어 완성했다. 필자도 그의 차기작에 상당히 많은 관심을 가지고 있었는데, 이곳에서는 내년도 로테르담국제영화 제International Film Festival Rotterdam(이하 '로테르담영화제')나 베를린영 화제 포럼 부문에 진출할 가능성이 많은 것으로 보고 있다. 고 레에다 히로카즈Koreeda Hirokazu(부산국제영화제에서 그의 두 번째 작품 〈원더풀 라이프Wonderful Life〉가 소개된 바 있다)가 세 번째 작 품 〈디스턴스Distance〉를 완성했고, 하시구치 료스케Hashiguchi Ryosuke도 신작 〈허쉬! Hush!〉를 거의 완성했다고 한다. 또한 〈이 창문은 너의 것This Window Is Yours〉이란 인상적인 데뷔작을 만들었던 후루마야 토모유키Furumaya Tomoyuki도 신작 〈나쁜 녀 석들Bad Company〉를 완성하여 수요일에 시사회를 갖는다고 한 다. 이래저래 이번 영화제 기간에는 이런 신작들 시사회 참가 때문에 바빠질 것 같다.

[도쿄필름엑스 소식 제4신] **소흐랍 샤히드 살레스의 유작 2편**

이번 영화제 기간 중에 가장 필자의 관심을 끈 것은 경 쟁부문 작품이 아니라 소흐랍 샤히드 살레스의 유작 2편이었다. 흔히 압바스 키아로스타미 영화의 특징이라 일컬어지는 어린이 소재, 허구와 다큐의 결합, 지극히 소박한 이야기 등은 어느 날 갑자기 탄생한 것이 아니었다. 키아로스타미 스스로도 가장 영향을 많이 받았다고 이야기하는 전설적인 감독 소흐랍 샤히드 살레스와 같은 선배 감독이 있었기 때문이었

소프랍 샤히드 살레스

다. 1944년생인 살레스는 70년대에 이란에서 단 2편의 장편 극영화를 만들고 해외로 이주한 뒤 1998년 미국 시카고에서 사망하였다. 그가 1972년에 만든 〈고단한 삶 A Simple Event〉과 1975년에 만든 〈정적인 삶 Still Life〉은 오늘날에도 수많은 이란의 감독에게 깊은 영향과 영감을 주고 있다. 이번 영화제에서는 이두 작품이 모두 초청되었고, 오늘은 〈고단한 삶〉을 볼 수 있었다. 그리고 거기에는 키아로스타미 영화의 원형이 고스란히 담겨 있었다.

내용은 지극히 간단하다. 카스피해에 붙어있는 이란의한 조그만 마을에는 11살 난 소년 모함마드 Mohammad가 살고 있다. 그는 매일 아침 어부인 아버지가 잡아 오는 생선을 가게에 전달한 뒤 학교로 가느라 지각을 한다. 어머니는 늘 아파서 누워 있으며, 아버지는 매일 밤마다 술을 마신 뒤 귀가한다. 살레스는 이 소년의 일상적인 삶을 영화의 제목(영어 제목)처럼 잔잔

하게 그려나간다. 바닷가와 가게, 그리고 학교를 열심히 뛰어다
니는 모함마드의 모습은 〈내 친구의 집은 어디인가〉에서 친
구의 집을 열심히 찾아다니던 아마드Amad의 그것과 너무나 닮
아 있었다. 1972년에 이미 살레스는 오늘날 너무나도 중요하게
평가되는 이란의 사실주의 영화의 원형을 창조해 낸 것이다. 영
화사에 길이 남을 이 위대한 감독의 업적과 파란만장한 삶은 앞
으로도 국내에 반드시 소개해야겠다는 생각을, 단 한편의 영화
를 보면서 확고하게 굳혔다.

[해외영화제 소식] 베를린영화제 초청작 윤곽, 도쿄영화제의 변화 모색

　　1. 베를린영화제에 초청될 아시아영화의 윤곽이 서서히
드러나고 있다. 한국영화의 경우 이미 〈공동경비구역 JSA Joint
Security Area/JSA〉와 〈눈물〉이 경쟁부문과 파노라마 부문에 각각
초청된 사실이 알려진 바 있지만, 추가로 박철수 감독의 〈봉자
Bongja〉가 유력한 포럼 부문의 초청 후보작으로 떠오르고 있다.

　　한편, PPP의 성가는 내년에도 계속될 것으로 보인다. 먼
저 중화권의 PPP 초청 프로젝트가 베를린영화제 경쟁부문에 초
청될 것으로 보인다. 지난 1999년의 제2회 PPP 초청 프로젝트
였던 왕샤오슈아이의 〈북경 자전거〉가 바로 그 작품으로, 현
재 베를린영화제 조직위는 경쟁부문 초청을 확정 지었지만 중국

정부 당국의 출품 허가를 기다리고 있는 상태이다. 그리고 같은 해에 초청된 또 다른 PPP 프로젝트 린쳉성(타이완)의 〈아름다운 빈랑나무Betelnut Beauty〉는 파노라마 부문에 초청이 확정되었다.

일본영화로 경쟁부문에 초청될 작품으로는 두 편이 유력한 것으로 보인다. 리주 고Riju Go(제4회 부산국제영화제 특별전에 초청된 바 있음)의 〈구로에Kuroe〉와 하라다 마사토Harada Masato(올해 PPP에 〈피스톨레로Pistolero〉라는 프로젝트가 초청된 바 있음)의 〈이누가미Inugami〉가 그 작품으로, 베를린영화제 조직위는 이 두 편 중 한 편을 경쟁부문에 초청할 것이라고 한다. 이중 하라다 마사토의 〈이누가미〉는 근친상간을 소재로 한 공포영화로, 전혀 새로운 스타일의 공포영화라는 기대를 주고 있는 작품이다.

2. 도쿄영화제가 변화를 모색 중이다. 조직위원장이었던 도쿠마 야스요시Tokuma Yasuyoshi 도쿠마 서점 사장이 사망함에 따라 결석이 된 조직위원장 자리를 놓고 메이저영화사의 사장단이 논의를 거듭하고 있지만, 결론이 쉽게 나지 않는 것으로 알려지고 있다. 한편, 조직위 일각에서는 집행위원장직을 만들어 젊고 유능한 인재를 등용하여 침체된 도쿄영화제의 분위기를 일신하자는 의견이 제기되었고 몇몇 후보도 구체적으로 거론되고 있다고 한다. 그중 한 명은 여성으로, 현재 도쿄필름엑스의 어드바이저를 맡고 있기도 하다.

도쿄 필름엑스(2000)

3. 상하이국제영화제Shanghai International Film Festival(이하 '상
하이영화제')도 변신을 모색 중이다. 그동안 격년제로 열리던 상
하이영화제는 내년부터는 매년 개최하는 쪽으로 방향을 수정하
였으며, 개최 시기도 지금의 10월에서 5월이나 6월로 옮길 것으
로 알려졌다. 또한 내년 행사에서는 한국의 상업 영화를 집중적
으로 소개하는 특별전을 준비하고 있는 것으로 알려지고 있다.

[도쿄필름엑스 소식 제5신] 새로운 작품들을 접해 보지만...

오늘은 경쟁부문에 출품된 작품 가운데 새롭게 접하는
작품(부산국제영화제에 소개되지 않은) 두 편을 볼 수 있었다. 타이
완 작품 〈친구같은 이So-Called 'Friend'〉(타이타이렁Tai Tai-lung/리엔
친화Lien Chin-hua)와 일본 작품 유키사다 이사오의 〈사치스런 뼈
Luxurious Bone〉였다. 전자는 중국 본토의 베이징영화학교에서
동문수학한 두 신인 감독이 만든 작품으로, 타이완의 한 젊은이
가 중국에 TV 촬영차 갔다가 같은 또래의 젊은이와 만나 서로
를 이해하게 되는 과정을 그리고 있다. 제작은 타이완의 중앙전
영과 중국의 북경청년영화제작소Beijing Youth Film Production이다.
중앙전영이 안고 있는 문제는 일찍이 이곳 PIFF 뉴스에서 소개
한 바 있지만, 이번 작품에서도 여지없이 드러나고 있다. 양안
문제에 대한 깊이 있는 논의나 새로운 형식이라고는 전혀 찾아

볼 수 없는 작품이었다. 중국과 타이완의 우호증진이라는 명분만 남은 작품인 것이다. 최근 들어 중앙전영은 이런 식의 제작을 남발하고 있다. 차이밍량이나 에드워드 양 등이 국내에서 자본을 구하지 못해 고전을 하고 있는 상황에 비추어 본다면 안타까운 일이 아닐 수 없다.

올해 부산국제영화제에서 〈해바라기〉로 피프레시상을 수상한 바 있는 유키사다 이사오의 신작 〈사치스런 뼈〉도 좀 실망스러운 작품이었다. 매춘 일을 하는 미야코Miyako는 같은 방을 쓰는 친구 사키코Sakiko를 사랑한다. 미야코는 자신의 사랑을 증명해 보이기 위해 신타니Shintani라고 하는 남자 고객을 끌어들인다. 즉, 남자에 대해 숙맥인 사키코에게 자신이 남자에 대해 느끼는 감정을 느끼게 해주고자 하는 것이다. 결국, 두 사람은 서로의 사랑을 확인하게 되지만 미야코는 병으로 숨을 거두고 만다. 그리고 재로 남은 그녀의 뼛가루를 보여주는 마지막 장면으로 끝이 난다. 이 작품은 이를테면 레즈비언영화로 볼 수도 있겠지만, 딱히 레즈비언영화라고 부르기에는 애매한 영화이다. 왜냐하면 미야코와 사키코의 관계가 마치 순정만화처럼 펼쳐지기 때문이다. 일본영화는 기묘하게도 남성감독, 그것도 중년 남성감독에 의해 젊은 여성이나 10대 소녀의 심리가 표현되는 작품들이 많다. 〈사치스런 뼈〉도 그러한 범주를 크게 벗어나지는 않는다. 다만, 레즈비언 관계가 거기에 추가되었을 뿐이다.

133

이로써 이제 필자가 보지 못했던 작품은 홍콩영화 〈사랑에 빠진 줄리엣 Juliet in Love 〉만 남았다. 이전에 보지 못했던 새로운 작품 가운데 눈에 띄는 작품은 거의 없을 듯하다.

[도쿄필름엑스 소식 제6신] 도쿄필름엑스에 대한 솔직한 의견을 교환하다

오늘은 집행위원장인 이치야마 쇼조와 어드바이저 하야시 가나코와 함께 점심 식사를 했다. 현재 진행 중인 영화제에 대한 솔직한 의견 교환도 있었다. 이 자리에서 이번 영화제에 대한 그들과 필자의 공통된 견해는 첫째, 시기가 너무 좋지 않다는 것. 둘째, 작품 선정이 지나치게 예술영화 중심이라는 것이었다. 전자의 경우 이곳 조직위에서도 절감하고 있으며, 해서 내년에는 아예 봄으로 옮겨가자는 의견과 11월 말로 가자는 의견이 제기되고 있다고 한다. 둘째, 가뜩이나 크리스마스 시즌에 지나치게 낯설고 어려운 영화만 소개되다 보니 관객으로부터 외면당하고 있다는 것이다. 이 점에 대해서도 이치야마 쇼조는 심각하게 고민하고 있다고 했다. 하지만 영화제의 전체 방향과 목적이 의미 있는 만큼 향후 정착할 가능성에 대해서는 서로가 의견을 함께하였다.

일본영화의 내년 시즌은 노장에 대한 기대를 갖게 한다. 지금 현재 이곳 도쿄에서 개봉 중인 후카사쿠 긴지 Fukasaku

Kinji의 〈배틀로얄Battle Royale〉도 그렇거니와 이마무라 쇼헤이Imamura Shohei가 한창 신작 촬영을 하고 있으며, 가장 반가운 소식은 또 다른 노장 스즈키 세이준Suzuki Seijun이 드디어 신작 촬영에 들어간다는 것이었다. 〈지고이네르바이젠Tsigoneruwaizen〉이나 〈유메지Yumeji〉 등 가장 개성이 강한 영상 세계를 구축해온 이 노장이 그동안 제작사를 구하지 못해 작품을 만들지 못하고 있다가 이번에 쇼치쿠로부터 투자를 유치함으로써 신작을 만들게 된 것이다. 후카사쿠 긴지나 이마무라 쇼헤이, 스즈키 세이준 모두가 70이 넘은 노인들이라는 점을 감안하면, 감독들이 일찍 조로해 버리는 우리네 영화 풍토에 대한 안타까운 심정이 드는 것은 어쩔 수 없는 인지상정일 것이다. 중견 감독으로는 구로사와 기요시Kurosawa Kiyoshi가 신작 〈회로Pulse〉를 끝냈고, 내년 봄쯤에 또 다른 신작을 만들 것이라고 한다. 〈회로〉의 제작사인 다이에이Daiei Studios는 칸영화제 출품을 희망하고 있지만 결과는 두고 볼 일이다. 또한 올해 〈유레카Eureka〉로 중요한 감독의 반열에 오른 아오야마 신지Aoyama Shinji도 신작 촬영을 시작했다.

오전에는 〈반칙왕The Foul King〉 팀과 환담을 나누었다. 제작사인 '영화사 봄Bom Film Productions Co., Ltd.'은 임상수 감독의 〈눈물〉이 베를린영화제 파노라마 부문에 진출한 데 이어 〈반칙왕〉도 베를린영화제 포럼 부문에 초청됨으로써 겹경사를 맞았다. 또한 이번 도쿄 필름엑스에서 상영되는 작품 가운데 〈반

135

칙왕〉이 가장 인기를 끌 것으로 예상되며, 그러한 기대를 반영하듯 김지운Kim Jee-woon 감독이나 배우 송강호Song Kang-ho 씨에게 인터뷰가 쇄도하고 있었다.

소프랍 샤히드 살레스 감독의 <고단한 삶>과 <정적인 삶>

[도쿄필름엑스 소식 제7신] 영화 유산을 지킨다는 것

사실 이번 영화제에 필자가 참가하고 싶었던 것은 반드시 새로운 영화 때문만은 아니었다. 경쟁부문에 초청된 작품들은 이미 대부분 부산국제영화제에 소개되었던 작품들이고, 심사위원 역할도 그다지 썩 좋아하지 않기 때문이다. 그럼에도 불구하고 이번 영화제에 참가하기로 결심한 것은 바로 소흐랍 샤히드 살레스 감독의 유작 2편을 볼 수 있다는 기대 때문이었다. 지난 화요일에 본 그의 데뷔작 〈고단한 삶〉은 역시 듣던 대로

〈내 친구의 집은 어디인가〉의 원형에 다름 아니었다. 그러나 오늘 본 그의 두 번째 작 〈정적인 삶〉은 그가 왜 오늘날 그토록 수많은 이란의 후배 감독들로부터 존경을 받는지 확인케 해주는 영화였다.

　　내용은 제목처럼 지극히 간단하다. 시골 마을의 철도 건널목 간수로 평생을 일해온 노인이 어느 날 갑자기 해고를 당하는 이야기가 내용의 전부이다. 작품 전체가 회화적 이미지와 정적인 이미지로 가득 차 있으며, '느림의 미학'의 정수를 보여준다. 굳이 비교하자면 타르코프스키 Andrey Tarkovsky가 그 대상이 될지 모르겠다. 타르코프스키는 고향을 그리는 인간의 근원적 고독을 인류의 평화를 기원하는 숭고한 이상으로 승화시킨 바 있다. 그에 비해 살레스는 마치 오랜 세월 끝에 페인트칠이 거의 벗겨져 나간 낡고 초라한 건물과도 같은, 고독하고 쓸쓸한 인간의 본성을 잔잔하게 그려나가는 감독이다. 그래서 〈정적인 삶〉은 세련되지도 감동적이지도 않지만 잔향이 깊고 오래가는 그러한 영화였다. 마지막 장면에서 노인이 해고당한 뒤 33년간 살던 집을 비워주면서 살림살이를 다 옮긴 뒤, 조그마한 거울 앞에 비친 자신의 주름진 얼굴을 물끄러미 쳐다보는 모습이 그러한 대표적인 장면이다.

　　〈고단한 삶〉을 보면서 '반복'과 '절제'로 대변되는 이란의 사실주의 영화의 미학이 키아로스타미로 계승·발전되었다는 인상은 강력하게 받았으나, 〈정적인 삶〉에서 본 것은 이

137

후의 어떠한 이란영화에서도, 아니 전 세계 어떤 영화에서도 본 적이 없다. 살레스가 남긴 유산은 반만 이어진 것이다. 모흐센 마흐말바프는 자신의 영화 〈원스 어폰 어 타임, 시네마Once Upon a Time, Cinema 〉에서 바로 이 작품 〈정적인 삶〉의 몇몇 장면들을 패러디하면서 살레스에게 경의를 표한 바도 있다. 살레스는 이 작품으로 1976년도 베를린영화제에서 은곰상을 수상하면서 세계에 널리 알려졌었지만, 독일로 이주한 뒤 잊힌 감독이 되었으며, 〈정적인 삶〉과 같은 걸작도 더 이상 남기지 못했다. 타르코프스키의 〈향수Nostalgia 〉에서 거론되는 음악가 소스노프스키Pavel Sosnovskiy 처럼, 때로 고향을 떠난 예술가가 더 이상 창의적인 활동을 할 기력을 모두 잃어버리기도 하는 모양이다.

하지만 살레스의 순수한 인간미는 지금도 많은 후배 감독의 기억 속에 살아남아 있다고 한다. 이를테면 우리는 키아로스타미가 〈내 친구의 집은 어디인가〉를 찍은 뒤 몇 년 후 이란에서 대지진이 일어났고, 바로 그 작품에 출연했던 소년들의 생사가 궁금하여 그들을 찾아 나서면서 만든 영화가 〈그리고 삶은 계속된다And Life Goes On... 〉라는 작품이라는 사실을 익히 알고 있다. 그러나 그 이야기 역시 살레스에서 원형을 찾을 수 있다. 〈고단한 삶〉에 출연했던 소년 모함마드 자마니Mohammed Zamani는 실제로 매우 가난한 집에 사는 소년이었고, 살레스는 〈고단한 삶〉을 만든 뒤에도 그 소년에게 경제적 도움을 주기 위해 그를 다음 작품의 스크립터로 기용하기로 하고 생활비를 일부 보태줘 가면서 영화 일을 가르쳤다고 한다. 하지만 그가 독일에 가면서 그 소년과 연락이 두절되었고, 살레스는 오랫동안 그 소년을 찾아 헤맸다고 한다. 결국 그 소년을 다시 찾지는 못했지만, 이 이야기는 지금도 이란의 영화인들 사이에서 회자되는 유명한 이야기이다.

80년대 이후 이란영화의 황금기는 분명히 그 뿌리를 갖고 있으며, 그 뿌리를 거슬러 올라가면 살레스를 반드시 만나게 된다. 그리고, 이제 전설적인 여류시인이자 감독인 포루그 파로흐자드Forough Farrokhzad의 유일한 작품이자 가장 위대한 걸작 〈검은 집The House Is Black〉이 남아 있다. 살레스와 파로흐자드야말로 현대 이란영화의 가장 위대한 스승인 것이다. 파로흐자드의 〈검은 집〉은 아직도 이란 내에서 금지된 영화이지만, 다행히 이곳 일본에 살고 있는 쇼흐레 골파리안이 그 프린트를 보관하고 있다. 골파리안이 그 프린트를 몰래 반출해 올 수 있었던 데에는 지금 밝힐 수 없는 수많은 이야기가 숨어있다. 골파리안은 필자에게 〈검은 집〉의 비디오를 주겠다고 약속했고, 만약 한국에서 상영하기를 원한다면 무료 대여까지 해주겠다고 밝힌 바 있다.

필자의 개인적 바람은 살레스의 유작 2편과 파로흐자드의 유작을 묶어 국내 관객들에게 시네마테크 등을 통해 소개하는 것이다. 그리고 왜 필자가 〈정적인 삶〉을 '나의 걸작 베스

139

트 10'에 넣었는가를 관객들에게 구체적으로 설명하고 싶다. 문
제는 늘 그렇듯이 돈 문제다.

[도쿄필름엑스 소식 제8신] 김지운, 지아장커, 그리고 심사 회의

어제(12월 22일) 저녁 8시 40분에는 김지운 감독의 〈반
칙왕〉이 상영되었다. 김지운 감독은 이미 이곳 일본에 〈조용
한 가족The Quiet Family〉으로 많이 알려져 있는 데다, 송강호 씨
역시 〈쉬리〉와 〈조용한 가족〉 등으로 비교적 이름이 알려져
있다. 그래서인지 이날 상영에는 대부분의 좌석이 매진에 가깝
게 찼고, 영화에 대해서도 매우 호의적인 반응을 보였다. 점잖
기로 소문난 일본 관객들이지만 〈반칙왕〉을 보면서는 곳곳에
서 폭소를 터뜨렸고, 상영이 끝난 뒤에는 질문도 매우 적극적이
었다. 또한 이날 상영에는 사카모토 준지Sakamoto Junji 감독, 몬
마 다카시Monma Takashi 평론가 등 많은 일본 영화인들도 참석하
여 깊은 관심을 보였다. 특히 사카모토 준지 감독은 모든 행사
가 끝난 뒤 새벽 2시까지 이어진 뒤풀이에도 참석하는 열의를
보였다. 이미 몇 년 전에 복싱 영화와 프로레슬링 영화를 만든
적이 있는 그는 〈반칙왕〉을 보면서 내내 연기자들의 부상을
걱정했다고 한다.

오늘 점심때는 〈플랫폼Platform〉의 지아장커 감독을 만

날 수 있었다. 지난 부산국제영화제 때는 너무 바빠 인사만 나누었지만, 오늘은 느긋하게 많은 이야기를 나눌 수 있었다. 한 가지 반가운 소식은 드디어 그의 차기작이 결정되었다는 것이다. 현재 그는 시나리오 작업 중에 있으며, 내년 여름경에 촬영을 시작할 예정이라고 한다. 제목은 〈답설욕매Apricot Flowers in Snow〉. 눈을 밟으며 매화를 기다린다는 뜻이다. 내용은 시골의 한 농부가 당에서 운영하는 공장에서 일을 하지만, 운영 실적 부진으로 공장이 문을 닫게 되자 월급도 받지 못하게 되는 과정에서 벌어지는 여러 가지 사건들을 그리는 것이다. 지아장커는 이번에는 한 달 만에 촬영을 끝내고 후반 작업도 빠른 시간 내에 끝내는 방향으로 작업을 진행할 예정이라고 하였다. 단, 문제는 촬영감독을 맡을 유릭와이Yu Likwai의 스케줄이다. 지아장커 영화의 촬영을 늘 담당해왔던 유릭와이는 내년 봄에 〈인간교환People Exchange〉(부산국제영화제 PPP 프로젝트)의 연출을 시작하며, 가을에는 〈부산스토리Pusan Story〉의 연출을 할 예정이다. 따라서 그가 여름에 시간을 내서 촬영을 할 수 있을지가 관건인 것이다.

오후 3시에는 드디어 경쟁부문 수상작 결정을 위한 마지막 회의가 있었다. 좀 늦게 도착한 벨라 타르(지난 제1회 전주국제영화제 때 〈사탄탱고〉Satantango가 상영되면서 국내에 알려진 헝가리 감독. 이곳 일본에서도 도쿄영화제와 야마가타영화제에서 〈사탄탱고〉가 상영된 적이 있어 많이 알려져 있다)과 심사위원장 아르투로 립스

141

테인(그는 자기가 심사위원장이므로 4장의 투표권이 있다는 조크를 해가 **142**
며 회의 분위기를 부드럽게 이끌었다), 자파르 파나히, 아라키 게이
코(피아영화제 집행위원장), 그리고 필자를 포함한 5명의 심사위
원이 약 2시간에 걸쳐 회의를 하여 수상작을 결정하였다(수상작
발표는 내일 있다). 대상에는 상금 50만 엔과 필름 2,500피트가 수
여되며, 심사위원 특별상에는 상금 50만 엔이 수여 될 예정이다.

[도쿄필름엑스 소식 제9신] 로예 감독의 〈수쥬〉, 대상 수상

　　오늘 폐막식을 끝으로 막을 내리는 제1회 도쿄필름엑
스의 경쟁부문 수상작은 다음과 같다. 대상에는 로예 감독(중
국)의 〈수쥬〉가, 그리고 심사위원 특별상에는 핫산 엑타파나
Hassan Yektapanah(이란)의 〈조메 Djomeh〉가 선정되었다. 〈수쥬〉
는 작품의 완성도에서 가장 높은 점수를 받았고, 1인칭 시점의
카메라 워킹과 이야기 전개가 심사위원의 눈길을 끌었다. 〈조
메〉는 기본적으로 소외된 인간에 대한 따뜻한 시각이 높은 점
수를 받았으나, 키아로스타미 영화와 유사하다는 점에서 심사
위원 특별상으로 밀렸다. 이들 두 작품은 모두 제5회 부산국제
영화제에 초청된 바 있다. 심사위원단은 총 100만 엔의 상금을
반으로 나누어 대상과 심사위원 특별상 수상작에게 수여하기로
결정함에 따라 〈수쥬〉와 〈조메〉는 각각 50만 엔의 상금을

로예 감독의 <수쥬>

도쿄 필름엑스(2000)

받게 되었고, 〈수쥬〉는 상금과 함께 2,500피트 분량의 필름을 **144**
부상으로 받게 되었다.

한편, 오늘 오후 7시에 르 테아트르에서 거행되는 폐막식은 수상작에 대한 시상에 이어 아모스 지타이(이스라엘)의 〈키푸르〉 상영을 끝으로 막을 내린다.

[도쿄필름엑스 소식 제10신] 도쿄필름엑스, 내년 개최 일정 바꾼다

12시에 열린 수상작 발표에 이어 이치야먀 쇼조 집행위원장은 내년도 영화제 개최와 관련하여 두 가지 사항을 발표하였다. 그 하나는 내년 일정을 11월 중순으로 옮긴다는 것이고, 또 하나는 어드바이저인 하야시 가나코를 경쟁부문 프로그램 디렉터로 영입한다는 것이었다. 일정을 11월 중순으로 당긴 것은 크리스마스 시즌을 피한다는 뜻도 있지만, 부산국제영화제의 내년도 일정과도 관계가 있다. 이치야마 쇼조는 내년 부산국제영화제가 11월 중순에 끝이 나기 때문에, 작품과 게스트 초청이 훨씬 용이하다는 점을 고려한 듯하다.

내년 베를린영화제에 초청될 일본 작품에 관한 추가 소식이 있다. 노장 구마이 게이Kumai Kei가 현재 만들고 있는 옴 진리교에 관한 영화 〈일본의 어두운 여름 원죄Darkness In The Light〉가 파노라마 부문에 초청되었고, 포럼 부문에는 여성감독

신도 가제Shindo Kaze의 〈러브/쥬스Love/Juice〉와 중국계 감독 리잉Li Ying의 〈플라잉 플라잉Fei ya fei〉, 그리고, 태평양전쟁 당시 일본군이 중국 본토에서 저지른 만행을 다룬 다큐멘터리 한편이 초청되었다.

[핫영화소식]

[제25회 홍콩영화제 소식 제1신] **프로그래머 3인의 사퇴**

오늘(4월 6일)부터 홍콩영화제가 25번째 막을 올린다. 올해는 45개국에서 초청된 220여 편의 영화가 보름 동안 홍콩 관객들에게 선을 보이게 된다. 올해 홍콩영화제는 또 하나의 전환점이 될 듯하다. 그동안 아시아를 대표하는 비경쟁 영화제로서 명성을 쌓아온 홍콩영화제가 지난 몇 년간 침체일로를 걸어왔던 데다, 지난해 프로그래머 총사퇴라는 파문을 일으킨 뒤 처음 열리는 영화제라는 점 때문이다. 그동안 홍콩영화제가 훌륭한 영화제로 성장할 수 있었던 것은 중화권 영화의 발굴(중국의 5세대 영화가 처음 소개된 영화제가 바로 홍콩영화제다)을 비롯한 수준 높은 프로그래밍, 짜임새 있는 운영, 홍콩이라는 도시 자체가 지닌 매력 때문이었다. 그러나 지난 몇 년간 홍콩영화제는 중국 정부의 간섭과 부산국제영화제의 등장으로 인해 명성과 정체성이 심하게 흔들리는 위기를 맞았다. 특히 중국 정부의 지나친 간섭은 프로그래머들의 반발을 불러일으켰고, 그 결과 지난해 리척토와 제이컵 윙 Jacob Wong, 그리고 라우 카 등 3명의 프로그래머가 사퇴하고 말았다.

부산국제영화제의 등장 역시 홍콩영화제의 위기에 한 요인으로 작용하였다. 그동안 아시아영화에 관한 한 최고의 쇼케이스였던 홍콩영화제의 우월적 위치가 흔들리기 시작한 것이다. 홍콩영화제는 부산국제영화제의 등장 이후 지난 20여 년간 거의 변함이 없던 프로그래밍의 변화까지도 꾀하였다. 비경쟁 영화제로서 일체의 시상 제도가 없었던 홍콩영화제가 피프레시상을 유치하는가 하면, '독립시대: 아시아의 새로운 영화와 비디오'라는 섹션을 지난 1999년부터 새로 추가하였다. 그뿐 아니라 부산국제영화제의 PPP에도 자극을 받아 지난해에 PPP와 유사한 성격의 프로젝트마켓 '홍콩-아시아 필름 파이낸싱 포럼'을 신설하기도 하였으나, 참담한 실패로 끝나고 말았다. 결국 이 프로젝트마켓은 올해 취소되고 말았다.

프레디 웡Freddie Wong과 제니 웡Jenny Wong 등 두 사람을 새로운 프로그래머로 영입한 홍콩영화제의 올해의 프로그램은 전반적으로 커다란 변화는 없지만, '홍콩영화 회고전'이 폐지되었다는 점이 눈에 띄는 변화이다. 그동안 홍콩영화제는 매년 하나의 주제를 정해 '홍콩영화 회고전'을 마련하여, 홍콩영화의 역사를 새롭게 정리하는 의미 있는 작업을 해왔었다. 그 책임자가 바로 지난해에 사퇴한 라우 카였다. 그런데 이번에 프로그래머를 새롭게 영입하면서 '홍콩영화 회고전'을 책임지는 프로그래머는 아예 빼버린 것이다. 대신 홍콩필름아카이브Hong Kong Film Archive가 마련하는 '홍콩필름아카이브 특별전: 중화영화의 세기'를 마련하였다. 20세기에 만들어진 중국어 영화 가운데 걸작들

147 을 선정하여 상영하는 이번 특별전에는 순유Sun Yu의 걸작 〈대

로The Big Road 〉(1934)를 비롯하여 왕자웨이Kar Wai Wong의 〈아
비정전Days Of Being Wild 〉(1991), 허우샤오셴의 〈동년왕사The Time to Live and the Time to Die 〉(1985), 장이머우의 〈붉은 수수밭Red Sorghum 〉(1987), 천카이거의 〈황토지Yellow Earth 〉(1984) 등 모두 25편이 소개된다.

홍콩필름아카이브는 설립 연도가 그다지 오래되지 않았다. 1993년에 문을 연 홍콩필름아카이브는 올 1월에 겨우 독자적인 건물을 가지게 되었다. 그리고 이번 홍콩영화제에서의 '홍콩필름아카이브 특별전'을 기획한 홍콩필름아카이브의 프로그래머는 다름 아닌 윙아인링이다. 공교롭

홍콩필름아카이브 ⓒCara Chow

게도 그녀 역시 5년 전에 정부의 간섭에 반발하여 사퇴한바 있는 홍콩영화제의 전 프로그래머이다.

한편, 이번 영화제에 한국영화는 〈춘향뎐〉(임권택), 〈플란다스의 개Barking Dogs Never Bite 〉(봉준호Bong Joon-ho), 〈죽거나 혹은 나쁘거나〉(류승완), 〈처녀들의 저녁식사Girls' Night Out 〉(임상수Im Sang-soo), 〈인터뷰Interview 〉(변혁Byun Daniel), 〈섬The Isle 〉(김기덕Kim Ki-duk), 〈눈물〉(임상수), 〈오! 수정〉(홍상수) 등 모두 8편이 초청되었다.

제25회 홍콩국제영화제
가 욘판Yang Fan 감독의 〈유원경몽
Peony Pavilion 〉을 시작으로 막을 올
렸다. 〈유원경몽〉은 일단 오랜만
에 스크린에 모습을 드러낸 왕쭈셴
Joey Wong과 한때 일본의 최고 아이
돌 스타였던 미야자와 리에Miyazawa
Rie가 주연을 맡아 관심을 끈 작품
이다. 욘판이 각본을 쓴 이 작품은

욘판 감독의 〈유원경몽〉

대조적인 두 여인의 우정과 사랑을 그리고 있다. 곤극崑劇 노래
를 부르다가 부잣집 주인의 5번째 첩이 되는 한 여인(미야자와
리에)과 교사이면서 그녀와는 사촌 시누이 관계가 되는 여인(왕
쭈셴)의 이야기가 뼈대를 이루고 있는 것이다. 두 여인은 각기
다른 남자를 사랑하면서도 서로 미묘한 감정을 느끼며, 결국에
는 서로가 헤어질 수 없는 사이임을 깨닫게 된다. 욘판은 경극
京劇의 전설적 스타였던 구정추Gu Zhengqiu의 어린 시절 기억을
바탕으로 픽션을 가미하여 이 이야기를 만들어냈다.

영화는 곤극의 형식을 빌려 두 여인의 우정과 사랑을 담
아내고 있다. 이를테면 임권택 감독이 판소리를 영화와 결합시
149 켜 〈춘향뎐〉을 탄생시킨 것과 같은 시도인데, 격은 〈춘향뎐〉

에 비해 많이 떨어진다. 더군다나 왕쭈셴이나 미야자와 리에의 캐스팅도 부적절하였다. 왕쭈셴은 남성적 이미지의 여인을 연기해 내기에는 역부족이었으며, 미야자와 리에에게 일본어 대사를 하게 한 것도 이해할 수 없는 대목이었다. 영화의 내용상 그녀의 역할은 일본과는 아무런 관계도 없었다. 무엇보다도 욘판은 두 여인의 심리를 깊이 있게 묘사해내지 못했다. 이를테면 왕쭈셴이 같은 학교의 남자 선생에게 빠져드는 장면은 관객의 실소를 자아낼 만큼 유치한 것이었다.

홍콩영화제는 전통적으로 두 편의 개막작을 선정한다. 한편은 중국어권 영화, 그리고 또 한편은 해외 작품이다. 이러한 원칙을 지키다 보니 때로는 수준 이하의 작품이 선정되기도 하는데, 올해가 그런 경우에 해당된다고 볼 수 있겠다. 또 한편으로는 최근 홍콩영화의 기세가 날로 쇠락해가는 상징적인 의미로도 보인다.

4월 6일 오후 7시 반의 개막 영화 상영에 앞서 6시부터는 홍콩문화센터 리셉션홀에서 개막 리셉션이 열렸다. 홍콩영화제는 운영 방식이나 마인드 자체가 매우 유럽적인데, 개막 리셉션 역시 예외는 아니다. 일체의 연설이나 요란한 행사가 없는 것이다(국내의 경우를 보라. 연설하지 못해서 안달이 난 소위 높은 분들 때문에 얼마나 영화제가 망가지고 있는가). 개막식이라는 별도의 행사도 없으며, 개막작 감독이나 배우를 소개하는 것이 전부다. 때문에 리셉션이 매우 조용하기 마련인데, 그래도 스타급 배우의 등장은 언론의 관심을 끈다. 본래 홍콩영화제는 스타들이 많이 찾아오는 영화제는 아닌데, 오늘은 린칭샤와 왕쭈셴이 참석하여 단연 언론의 스포트라이트를 받았다. 그러나 옆에서 본 린칭샤와 왕쭈셴은 그 아무리 아름다운 미모도 세월의 무게를 당해낼 수는 없다는 진리를 새삼 절감케 하였다. 특히 린칭샤는 얼핏 얼굴을 알아보기 힘들 정도로 나이가 들어 보였으며, 평범한 주부의 모습을 지니고 있었다. 그러나 비록 과거의 미모는 사라졌지만 대신 넉넉한 마음씨의 어머니 모습을 보여주고 있었다.

홍콩영화제의 리셉션은 끝맺음도 매우 간단명료하다. 종소리가 울리면 리셉션이 끝났다는 뜻이며, 그러면 게스트들은 모두 알아서 리셉션장 바로 옆에 있는 극장으로 자리를 옮기는 것이다. 최근 홍콩영화제가 내리막길을 걷고 있기는 하지만 우리가 배워야 할 점은 아직도 많다.

[제25회 홍콩영화제 소식 제3신] 실망스러운 홍콩영화, 그리고 나빌 아유시의 〈내 친구 알리〉

90년대 중반까지 홍콩영화제의 아시아영화 담당 프로그래머였다가 지금은 홍콩필름아카이브의 선임연구원으로 자리를 옮긴 웡아인링에 따르면 홍콩영화제는 내년에 중대한 변화를 맞이할 것이라고 한다. 현재와 같은 시스템으로는 더 이상 **152** 발전을 기대하기 어렵다는 전제하에 영화제 운영 주체를 민간으로 이관시키는 것을 적극 검토하고 있다는 것이다. 지난해에 홍콩영화제를 그만둔 세 명의 프로그래머들이 또 하나의 홍콩영화제를 준비하고 있다는 루머가 있었으나, 이제는 전혀 새로운 국면을 맞게 된 것이다. 만약 홍콩영화제가 민간으로 이관된다면 그것은 단순히 부분적인 변화보다는 혁신적인 변화로 이어질 것이다. 다만 민간 주체가 누가 될 것인가에 따라 홍콩영화제의 색깔도 달라질 것이다. 현재로서는 초기의 홍콩영화제 멤버였던 감독 슈케이와 윙아인링 등이 책임자로 유력하다고 한다.

홍콩영화제 프로그램 중에는 홍콩의 단편을 소개하는 '홍콩단편선'이 있다. 오늘은 그 첫 번째 프로그램이 홍콩예술센터에서 상영되었다. 그런데 역설적으로 이 프로그램은 홍콩영화의 침체 원인이 어디에서 비롯되고 있는가를 보여주는 프로그램이었다. 홍콩의 장편 극영화 신작을 소개하는 '홍콩파노라마'의 작품들과 이 단편들은 어떤 특정한 연결 고리를 가지고 있는 것으로 보인다. 올해 '홍콩파노라마'에 초청된 작품은 모두 7편. 적은 편수도 그렇거니와 도대체가 눈에 띄는 작품이 없었다. '홍콩단편선'에 초청된 작품은 모두 13편. 이 중 16mm 작품은 단 한 편뿐이었고 나머지는 모두가 비디오 작품이었다. 비디오건 디지털영화건 포맷이 중요한 것은 아니다. 그러나 홍콩의 경우 비디오는 젊은 재능을 발굴해내는 데 부정적인 요인으로 작용하는 것은 아닌가 하는 의문이 드는 것이다. 오늘 소개된 작품들의 면면을 보아도 창의적이거나 깊이 있는 작품은 발견할 수 없었다. 매우 단편적이고 가벼운 작품들뿐이었다. 재능을 키우지 못하는 이러한 풍토가 오늘의 홍콩영화의 침체를 가져왔다고 보고 싶다. 이제 홍콩영화는 감독은 없고 스타만 남을지도 모른다. 실제로 프룻 챈 이후로 눈에 띄는 신인 감독이 없지 않은가.

아랍권 영화는 아직 우리에게 무척 생소하다(참고로 이란은 아랍이 아니다. 페르시아권이다). 물론 세계가 주목할 만한 작가가 아직 많지 않기 때문이기는 하다. 하지만 나빌 아유시 Nabil Ayouch 는 기억할 만한 작가이다. 모로코 출신인 그는 비록 프랑스인 어머니 밑에서, 그리고 프랑스에서 자라나기는 했지만, 모국 모로코의 어두운 이면을 누구보다 진지하게 들여다보는 감독이다. 이제 겨우 33살에 불과하지만 그가 지난해에 발표한 두 번째 작품 〈내 친구 알리 Ali Zoua: Prince Of The Streets 〉는 미학적으로도 놀랄 만한 경지를 보여주고 있다. 바로 그 작품 〈내 친구 알리〉가 이번 영화제에 초청되었

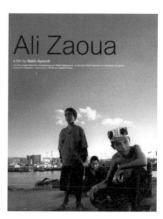

나빌 아유시 감독의 〈내 친구 알리〉

153

다. 내용은 카사블랑카의 거리의 아이들에 관한 것이다. 우리에게 카사블랑카는 험프리 보가트Humphrey Bogart와 잉그리드 버그먼Ingrid Bergman의 낭만적인 사랑으로 기억되는 곳이지만, 나빌 아유시에게는 거리 아이들의 험난한 삶이 무방비로 노출된 비극의 장소이다. 거리의 아이 알리 자우아Ali Zaoua는 다른 아이의 돌에 맞아 죽는다. 알리의 친구였던 크위타Kwita와 오마르Omar, 그리고 부브카르Boubker는 알리의 장례식을 치러주기 위해 노력을 다하지만, 온갖 장벽이 그들 앞을 가로막는다. 나빌 아유시는 거리 아이들의 모습을 매우 사실적으로 그리면서도, 그들의 꿈을 환상적으로 묘사하고 있다. 욕야카르타의 거리의 아이들을 그렸던 가린 누그로호의 걸작 〈베개 위의 잎새Leaf On A Pillow〉에 비견될 만한 이 작품은, 가린이 그러했듯이 실제 거리의 아이들을 캐스팅하여 완성한 작품이다. 그 아이들은 영화 출연을 계기로 집으로 돌아가거나 정상적인 일을 하게 되었다. 나빌 아유시는 단지 작품을 만드는 것에서 끝난 것이 아니라, 그들의 삶을 변화시킨 것이다. 미학적으로는 현실과 꿈의 조화를 통해 현실의 비극적 상황을 극대화시키는 뛰어난 연출력을 보여주고 있다.

이번 홍콩영화제의 프로그램 중에는 '중화영화의 세기'라는 특별 프로그램이 있다. 홍콩필름아카이브가 주관하는 이 특별 프로그램은 지난 20세기에 만들어진 중국어권 영화 중에 걸작 25편을 뽑아 상영하는 것이다. 그런데 사실 이 프로그램은 홍콩영화제의 독자적인 새 프로그램이 아니다. 홍콩필름아카이브는 '중화영화의 세기'라는 독자 프로그램을 진작부터 준비해 왔고, 그 프로그램을 홍콩영화제 기간 중에 특별전의 형식을 빌려 상영하는 것이다. 홍콩필름아카이브는 4월 말부터 '중화영화의 세기' 2탄을 상영할 예정이다.

어쨌거나 '중화영화의 세기' 작품이 상영되는 홍콩필름아카이브는 올 초에야 독자 건물을 짓고 자리를 잡았다. 사실 홍콩은 필름 보존에 관한 한 후진국이었다(홍콩필름아카이브의 설립 년도도 1993년이다). 또한 현대 홍콩영화의 프린트 중에는 분실된 것들이 상당수에 이른다. 사이완호Sai Wan Ho에 위치한 홍콩필름아카이브 건물은 5층 건물로 120석짜리 극장과 자료실, 전시실, 그리고 사무실을 갖추고 있다(재미있는 것은 홍콩필름아카이브 바로 앞에 한국국제학교가 있다는 사실이다).

이번 특별전 중에는 역시 30년대 흑백 무성영화들이 관심의 대상이었다. 좀처럼 보기 힘든 작품들이기 때문이다. 특히 순유의 1934년작 〈대로The Big Road〉와 허우야오Hou Yao의 1927

155

년 작 〈서상기Romance of the Western Chamber〉가 눈길을 끌었다. **156**
홍콩필름아카이브 측은 무성영화인 이들 작품이 상영될 때 현
장에서 전자 오르간 연주를 동반하여 무성영화를 보는 재미를
배가시켰다. 〈대로〉의 경우는 중국영화 사상 최고 인기 배우
로 손꼽히는, 그래서 영화 황제로 불렸던 김염Jin Yan이 주연으
로 등장하는 작품으로 더더욱 관심을 끌었다. 김염은 다름 아닌
조선 동포였다. 중국 리얼리즘 영화의 정점이라 일컬어지는 이
작품은 일본의 침략에 대항하여 도로를 건설하는 건설 노동자들
의 투쟁과 삶을 그린 작품으로 김염의 모습은 지금 보아도 대단
한 마스크와 카리스마를 지닌 배우라는 느낌을 갖게 하였다.

김염

그러나, 한편으로는 해방 이전의 극영화가 단 한 편, 그 것도 불완전한 상태로 겨우 남아 있는 우리의 프린트 보존 실태 와 비교해볼 때 중국에서 이처럼 초창기 작품을 다수 보관하고 있다는 사실이 부러울 수밖에 없었다. 우리의 영화문화는 아직 가야 할 길이 먼 것이다.

[제25회 홍콩영화제 소식 제5신] 최근 홍콩영화의 경향

홍콩영화제의 섹션 중에는 지난 한 해 동안의 우수 홍 콩영화를 소개하는 '홍콩파노라마' 섹션이 있다. 올해 이 섹션 에서 소개되는 홍콩영화는 겨우 7편이다. 한국영화가 모두 6편 초청된 것과 비교해보면 얼마나 적은 편수인가를 알 수 있다. 그와 아울러 한국영화를 강력한 홍콩영화의 경쟁자로 인식하기 시작하였다. 홍콩영화제가 발간한 '홍콩파노라마 2000-2001' 의 서문을 쓴 윌리엄 청 William Cheung 은 이 서문의 마지막 부분 에서 이례적으로 한국영화의 눈부신 성장을 언급하면서 이제 홍콩영화 시장에서 한국영화가 할리우드영화와 함께 강력한 경 쟁자로 부상하였다고 쓰고 있다.

윌리엄 청에 따르면 지난 한 해 동안의 홍콩영화는 첫 째, 소규모 멜로영화의 인기, 둘째, 할리우드 스타일의 블록버 **157** 스터 제작 경향, 셋째, 예술영화 침체, 넷째, 일본과 동남아시아 여배우의 기용 확대 등의 경향을 보였다고 한다. 소규모 멜로영화는 흥행 랭킹 10위권 이내의 작품 대부분을 차지할 정도로 인기를 끌었는데, 조니 토의 〈니딩 유Needing You...〉를 비롯하여 마추성Ma Chor-Sing의 〈하일적마마다Summer Holiday〉, 덩터시Gary Tang의 〈협골인심Healing Hearts〉, 류웨이창Andrew Lau의 〈첨밀밀 3 - 소살리토Love At First Sight〉, 예진훙Kam-Hung Yip의 〈라벤더Lavender〉 등이 모두 10위권 안에 든 멜로영화들이다.

블록버스터는 〈동경공략Tokyo Raiders〉, 〈AD 2000〉, 〈젠 엑스 캅 2: 젠 와이 캅Gen-Y Cops〉, 〈신투차세대Skyline Cruisers〉 등이 붐을 이루며 제작되었으나, 흥행성적은 멜로영화에 미치지 못한 것으로 알려졌다.

해외의 여배우 기용의 붐은 특히 일본 배우에 집중되었는데, 〈파이터 블루The Fighter's Blue〉의 도키와 다카코Tokiwa Takako, 〈차이나 스트라이크 포스China Strike Force〉의 후지와라 노리카Fujiwara Norika, 〈동경공략〉의 엔도 구미코Endo Kumiko 등이 바로 그들이다. 홍콩영화가 이처럼 일본 여배우를 대거 기용하기 시작한 것은 홍콩에서 기용할 만한 여배우가 드문 탓도 있지만, 일본의 TV 드라마가 홍콩을 비롯한 동남아시아에서 인기를 끌면서 관객 확보 차원에서 비롯되었다는 분석도 있다.

예술영화의 침체는 확실히 홍콩영화가 안고 있는 심각한 문제이다. 왕자웨이나 프룻 챈 이외의 감독이나 작품이 별로 나오지 않고 있는 것이다. 이러한 경향이 이번 '홍콩파노라마'

에 7편밖에 되지 않는 작품이 초청된 가장 큰 원인이기도 하다.

월리엄 청은 비록 지난해 흥행수익 1,000만 홍콩달러 이상을 벌어들인 작품이 15편이나 되었다는 사실이 매우 고무적이기는 하지만, 소규모 멜로영화가 인기를 끄는 이유는 아직도 홍콩인들이 경기 회복을 느끼지 못하고 있으며, 그것이 일상에서 벗어나 환상을 꿈꾸는 멜로영화에 몰리는 원인이 되었다고 보고 있다.

이곳 홍콩 TV의 오늘 뉴스에 의하면 홍콩의 노숙자 수가 1월 이후 무려 70%나 증가하였다고 보도하고 있다. 〈화양연화 In The Mood For Love〉나 〈와호장룡 Crouching Tiger, Hidden Dragon〉(연기자, 스태프 중 상당수가 홍콩인이어서 이곳 홍콩인들은 〈와호장룡〉을 홍콩영화나 다름없다고 생각하고 있다)의 성공 이면에는 이러한 그림자도 드리워져 있는 것이다.

[제25회 홍콩영화제 소식 제6신] 홍콩예술발전국이 지원한 독립영화 두 편

홍콩에도 독립영화를 제도적으로 지원하는 기구가 있다. 홍콩예술발전국 Hong Kong Arts Development Council이 바로 그곳으로, 1995년에 설립된 홍콩예술발전국은 홍콩시 정부 산하단체이며 문학 및 공연예술, 영화의 제작을 행정, 재정적으로 지원하는 곳이다. 특히 1997년에 독립영화의 진흥을 위해 설립된

단체 '잉에치 Ying E Chi Ltd'의 활동을 많이 지원하는데, 홍콩예술 **160**
발전국 산하 극장인 홍콩예술센터에서 교육 및 상영공간 지원
을 하고 있다. 이번 홍콩영화제에는 홍콩예술발전국의 재정 지
원을 받아 완성된 2편의 장편 극영화가 초청되었다. '신세기여
성' 부문에 초청된 캐롤 라이 Carol Lai 의 〈유리의 눈물 Glass Tears 〉
과 '독립시대' 부문에 초청된 얀얀막 Yan Yan Mak 의 〈형 Brother 〉이
바로 그 작품들이다. 공교롭게도 두 감독 모두 여성인데, 캐롤
라이는 제4회 부산국제영화제에 단편 〈아버지의 장난감 Father's
Toy 〉이 초청, 상영된 바 있다.

〈유리의 눈물〉은 가출한 손녀를 찾아 나선 퇴직 경찰
이 손녀의 친구들을 만나면서 그들의 세계를 점차 이해해 나
가는 과정을 그리고 있다. 캐롤 라이는 이야기의 중심을 청소
년 문제에만 두는 것이 아니라 부모 세대의 소외감과 무기력감
을 함께 다룸으로써 종래의 청소년 문제 영화보다는 폭넓은 시
각을 보여주고 있다. 〈형〉은 중국 본토를 여행하다가 수년 전
에 연락이 끊긴 형을 찾아 나선 홍콩의 한 청년이 여행 중에 만
나는 사람들과 자연을 통해 넓은 세계에 눈을 떠가는 과정을 담
고 있다. 그러나 이 작품의 경우는 형의 존재를 관객에게 가급
적 숨기려는 감독의 의도가 지나친 강박관념으로 작용하여, 영
화 자체가 도중에 길을 잃어버린 듯한 작품이었다.

이 밖에 모두 13편의 홍콩 단편이 소개되었으나, 눈에
띄는 작품은 없었다. 확실히 최근 한국 단편의 눈부신 성장은

아시아권 내의 여타 국가들의 그것과 비교해볼 때 더 밝은 미래를 예측하게 한다.

[제25회 홍콩영화제 소식 제7신] 〈투란도트 프로젝트〉를 소개하게 되길

이번 홍콩영화제에 초청된 다큐멘터리 중에는 영화인에 관한 다큐멘터리가 몇 편 있다. 그중 관심을 끄는 작품으로는 〈페데리코 펠리니의 자서전: 그의 삶의 편린들Fellini Racconta: Un Autoritratto Ritrovato〉과 〈주성 크리스토퍼 도일Orientations Chris Doyle: Stirred But Not Shaken〉, 그리고 〈투란도트 프로젝트The Turandot Project〉 등이 있었다. 파키토 델 보스코Paquito Del Bosco가 만든 〈페데리코 펠리니의 자서전: 그의 삶의 편린들〉은 이탈리아의 방송사인 RAI가 소장하고 있는 영상자료를 발췌하여 편집한 일종의 편찬영화이다. 이 작품은 1959년에 〈달콤한 인생

앨런 밀러 감독의 〈투란도트 프로젝트〉

161

대한 인터뷰에서부터 1962년 〈8과 1/2 8 ½ 〉의 촬영 현장, 그리고 1960년의 칸영화제 참여 모습과 1963년의 모스크바국제영화제 Moscow International Film Festival 참여 모습 등을 흑백 화면으로 보여주고 있다. 비록 40여 년 전의 낡은 필름이긴 하지만, 거장의 생생한 육성과 과거를 볼 수 있다는 점이 커다란 매력인 작품이다.

릭 파쿠아슨 Rick Farquharson 이 만든 〈주성 크리스토퍼 도일〉은 촬영감독 크리스토퍼 도일의 인간적 매력을 담고 있는 작품이다. 그와 늘 호흡을 함께 했던 왕자웨이를 비롯하여 많은 동료 영화인들이 그의 감춰진 이면에 대해 솔직히 털어놓고 있다. 특히 술과 관련된 에피소드들이 많이 등장하는데, 〈동사서독 Ashes Of Time 〉을 촬영할 때는 술에 취해 촬영을 못 한 적도 있었다는 비밀을 왕자웨이가 털어놓고 있다. 하지만 릭 파쿠아슨은 어떻게 서양인인 크리스토퍼 도일이 아시아 영화인들과 그렇게 호흡을 맞추면서 훌륭한 작업을 해낼 수 있었는가에 대한 해답을 찾기 위해 부단히 노력하고 있다. 이곳 홍콩에서 만난 토니 레인즈도 이 다큐멘터리에 등장하여 도일에 관한 인터뷰를 한 바 있는데, 그는 자신이 도일에 대한 좋지 않은 이야기도 많이 했는데 편집본을 보니까 그 부분은 몽땅 빠졌더라며 재미있어했다.

앨런 밀러 Allan Miller 의 〈투란도트 프로젝트〉는 매우 감동적인 다큐멘터리이다. 지난 1997년, 지휘자 주빈 메타_{Zubin} Mehta는 플로렌스에서 푸치니의 오페라 〈투란도트〉의 지휘를 맡게 된 뒤 누구에게 무대 연출을 맡길까 고민하다가 장이머우를 떠올리고 그에게 연출을 의뢰하였다. 장이머우는 이를 흔쾌히 수락하였고, 플로렌스에서 성공리에 공연을 마쳤다. 그리고 이듬해에 베이징의 자금성에서 다시 한번 공연을 가졌다. 앨런 밀러는 이 과정을 꼼꼼하게 담아 〈투란도트 프로젝트〉를 완성하였다. 앨런 밀러는 주로 장이머우가 어떤 생각과 의도로 오페라 연출에 참여하였고, 실제로 서구의 스태프들과 갈등을 빚어가면서 어떻게 문제를 해결해 나가는지 하는 과정을 담고 있다. 장이머우는 서구의 오페라에 중국의 경극의 형식을 담기를 원했고, 무대 배경 또한 그저 거대한 중국식 식당이 아닌 진짜 중국의 얼굴을 보여주고 싶어 했다. 의상에서부터 무대 세트 등은 물론이거니와 조명에까지 그의 주장을 관철시켰다. 조명의 경우 로우키 조명을 선호하는 이탈리아인 조명감독과 언쟁을 벌어가며 보다 밝은 조명을 고집하였다. 그것이 중국문화의 전통에 맞는다는 것이었다. 어쨌거나 그러한 힘든 과정을 거쳐 주빈 메타와 장이머우가 이끄는 〈투란도트〉는 성공적인 공연을 마칠 수 있었다. 그 감동의 현장을 앨런 밀러는 고스란히 관객들에게 전달하고 있다. 지난해에 완성되어 이미 토론토국제영화제_{Toronto International Film Festival} 등에서 호평을 받은 바 있는 이 **163** 다큐멘터리는 우리 관객들에게도 반드시 소개하고픈 작품이다.

수상

홍콩영화제의 유일한 시상 분야인 피프레시상의 수상작으로 봉준호 감독의 〈플란다스의 개〉와 얀얀막의 〈형〉이 결정되었다. 모두 16편이 경합을 겨룬 끝에 〈플란다스의 개〉가 수상작으로 결정되었으나, 현재 이곳 홍콩영화제에는 봉준호 감독을 포함한 제작 관계자가 아무도 참가하지 않은 상태여서, 김지석 부산국제영화제 프로그래머가 홍콩영화제 조직위의 요청으로 대리 수상키로 하였다. 시상식은 오늘 오후 7시 홍콩문화센터 대극장에서 있을 예정이다.

[제25회 홍콩영화제 소식 제9신] **그 밖의 소식들**

이곳 홍콩영화제에 참가하고 있는 자파르 파나히에 따르면 모흐센 마흐말바프의 신작 〈칸다하르Kandahar〉가 칸영화제의 경쟁부문에 초청을 받은 것으로 알려졌다. 이로써 마흐말바프 가족은 지난해에 큰딸 사미라 마흐말바프가 〈칠판〉으로 경쟁부문에 초청받은 데 이어 이번에는 아버지가 초청을 받음으로써 부녀가 2년에 걸쳐 나란히 칸영화제 경쟁부문에 진출하는 진기록을 세우게 되었다.

한편, 허우샤오셴의 신작 〈밀레니엄 맘보〉가 칸영화제 진출을 위한 막바지 진통을 겪고 있다. 허우샤오셴 자신은 촬영 스케줄 상 칸영화제에 맞추기 어려울 것이라고 생각했으나, 제작사인 프랑스 회사가 반드시 칸에 가야 한다고 압력을 가하는 바람에 허우샤오셴이 45분짜리 러프컷을 급히 만들어 칸에 공수함으로써 칸영화제 경쟁부문 진출이 가능해졌다. 하지만 이런 상황이라면 경쟁부문에 초청을 받는다 하더라도 온전한 작품의 상영을 기대하기는 어려울 것으로 전망된다.

유명한 단편영화제인 탐페레 영화제 Tampere Film Festival의 프로그래머 시모주카 뤼포 Simojukka Ruippo가 내년도 영화제에서 한국 단편 특집을 기획하고 있으며, 이를 위해 부산국제영화제에 도움을 요청해 왔다. 시모주카 뤼포는 지난해에 2편, 올해에는 1편의 한국 단편을 경쟁부문에 초청한 바 있으며, 최근에 전 세계에서 한국 단편이 가장 주목할 만하다는 의견을 피력해 왔다. 이로써 한국 단편은 최근에만도 끌레르몽페랑 국제단편영화제 Clermont-Ferrand International Short Film Festival, 오버하우젠 국제단편영화제 International Short Film Festival Oberhausen 등 세계 주요 단편영화제에서 연이어 특별전을 갖는 기록을 세우게 되었다.

165

[핫영화소식]

[제14회 싱가포르영화제 소식 제1신] **싱가포르영화제의 가치**

지난 4월 11일부터 시작된 싱가포르영화제는 올해로 14회째를 맞는다. 1987년에 출범한 싱가포르영화제는 나름의 분명한 비전이 있었다. 1987년은 홍콩이 중국에 반환되기 10년 전 시점이다. 싱가포르는 10년 뒤 홍콩이 중국에 반환되면 아시아의 영화산업 중심지로서의 입지가 흔들릴 것이고, 화교권 문화를 공유하고 있는 싱가포르가 그 뒤를 이을 수 있을 것이라는 계산을 하였다. 이에 정부에서도 대대적으로 영상산업에 투자를 하였고, 싱가포르영화제도 출범시켰다. 그러나 오늘날 싱가포르영화제는 어느 정도 입지를 다졌지만, 영상산업 구축은 그다지 성공적이지 못한 것으로 평가되고 있다. 그 가장 큰 이유는 역시 지나치게 엄격한 사회 분위기다. 또한 영화 인력을 제대로 키우지 못한 상태에서 시설만 갖추어 놓은 것이 실패의 주요 원인으로 꼽히고 있다.

싱가포르영화제가 더 이상 성장하지 못하는 이유도 바로 영화제 초청작에 대해 엄격하게 가해지는 검열 때문이다. 지난해만 해도 싱가포르영화제는 '아시아영화에서의 성'이라는 과감한 주제의 특별전을 기획했지만, 검열 때문에 제대로 진행되지 못한 바 있다. 또 하나의 문제는 관객층이 얇다는 점이다.

싱가포르영화제의 관객은 대부분 직장인이다. 그런데 이들 직장인들이 평일 낮 시간에는 영화제에 참가하기 힘들기 때문에 영화제 기간 내내 평일 오전이나 낮 시간대 상영은 극히 드물다. 그래서 싱가포르영화제는 축제의 분위기가 그다지 나지 않는 영화제이다.

그럼에도 불구하고 싱가포르영화제는 동남아영화의 발굴에 있어 중요한 역할을 하고 있으며, 프로그램도 비교적 수준이 높은 편이다. 올해의 경우 싱가포르영화제 프로그램이 비슷한 시기에 열리고 있는 홍콩영화제 프로그램보다 우수하다는 평가가 많은 편이다. 또한 싱가포르영화제는 최소의 인원으로 훌륭하게 영화제를 운영하는 것으로도 정평이 나 있다. 그만큼 싱가포르영화제 조직위의 인적 자원이 우수하다는 이야기다.

올해의 싱가포르영화제는 특별한 전야 행사로 문을 열었다. 지난 4월 6일과 7일에 세르게이 에이젠슈테인의 걸작 〈알렉산더 네브스키Aleksandr Nevsky〉(1938)를 싱가포르관현악단의 연주와 함께 상영한 것이다. 예년에도 싱가포르영화제는 '페스티벌 프린지Festival Fringe'라는 프로그램을 영화제 개막 전부터 일종의 전야 행사로 늘 치러왔었다.

올해 개막작은 에드워드 양의 〈하나 그리고 둘〉, 폐막작은 아오야마 신지의 〈유레카〉이다. 상영작품 편수는 약 350편에 달하는데, 이 정도는 전 세계 영화제를 통틀어서도 가장 많은 편수에 속한다. 그런데 이렇게 많은 작품을 다 소화하

167

는 것은 대부분 1회만 상영하기 때문이다. 작품 편수가 많은 만큼 프로그램도 다양한데 '월드 시네마' 부문만 해도 '호주영화 포커스', '캐네디안 이미지', '독일영화 포커스', '프랑스영화 파노라마', '영국영화', '미국 독립영화', '기타 세계 영화' 등으로 구성되어 있으며, 특별 프로그램은 '크리스 마르케Chris Marker 특별전', '킴 론지노트Kim Longinotto 특별전', '하룬 파로키Harun Farocki 회고전', '에롤 모리스Errol Morris 특별전', '미드나잇 매드니스', '젊은 영화' 등으로 채워졌다.

아시아영화의 경우는 경쟁부문인 '실버스크린상' 부문, '아시아영화 파노라마', 필리핀의 숨은 거장 '마리오 오하라Mario O'Hara 회고전', 태국의 작가 '아피찻퐁 위라세타쿤 회고전', '싱가포르 단편선', '싱가포르 다큐멘터리' 등으로 구성되었다.

올해 한국작품은 '실버스크린상' 부문에 임권택 감독의 〈춘향뎐〉, 홍상수 감독의 〈오! 수정〉이 초청되었으며, '아시아영화 파노라마'에 송능한Song Neung-han 감독의 〈세기말Fin De Siecle〉, 봉준호 감독의 〈플란다스의 개〉, 김지운 감독의 〈반칙왕〉, 남기웅Nam Ki-woong 감독의 〈대학로에서 매춘하다가 토막살해당한 여고생 아직 대학로에 있다Teenage Hooker Become Killing Machine〉가 초청되었다.

로이스톤 탄을 주목하라

올해의 싱가포르영화제 역시 예년과 커다란 변화는 없다. 다만 새로 지은 쇼핑몰 '그레이트 월드 시티Great World City' 안에 있는 '골든 빌리지 그랜드Golden Village Grand'로 주요 상영장을 옮겨 한자리에서 영화를 볼 수 있게 된 점이 뚜렷한 변화이다.

영화제의 임시 사무실은 늘 그랬듯이 웨스틴호텔의 8평 남짓한 객실을 빌려 사용하고 있는데, 이곳에서 영화제의 모든 업무(심지어 필름 트래픽까지)와 게스트를 위한 비디오룸까지 운영되고 있다. 그래서 게스트는 영화제 스태프들과 친밀감을 더 느끼게 된다. 350여 편의 영화를 상영하면서 단 3명의 정규직 원(공동집행위원장인 필립 체Philip Cheah와 테오 스위 렁Teo Swee Leng, 그리고 초청 담당인 록멩추이Lok Meng Chue)과 3명의 임시 직원, 그리고 몇 명의 자원봉사자가 모든 업무를 다 처리하고 있는 것이다. 자리를 뜨지 못하고 사무실 안에서 허겁지겁 도시락을 먹고 있는 그네들을 보면 때로 존경스럽기까지 했다.

싱가포르영화제의 가장 아쉬운 점은 평일 낮 상영이 거의 없다는 점인데, 7개 극장을 사용하고 있음에도 불구하고 평일 상영 횟수는 모든 극장을 다 합쳐도 평균 6~7회에 불과하다. 따라서 게스트들은 낮 시간에 놀거나(?) 비디오룸을 열심히 활용하는 수밖에 없다.

169

싱가포르영화는 아직도 걸음마 단계를 벗어나지 못하고 있다. 아니, 산업화 자체가 이루어지지 않고 있다. 그런 가운데 서도 단편영화는 꾸준히 만들어지고 있는데, 최근 주목할 만한 감독이 한 사람 나왔다. 로이스톤 탄Royston Tan이 바로 그다. 지난해 부산국제영화제에서 그의 전작 〈아들Sons〉을 소개한바 있는데, 이번에 이곳 싱가포르영화제에 초청된 단편 가운데에 서도 그의 신작 〈혹 히압 렁Hock hiap leong〉은 단연 눈에 띄는 작품이다. 지난 3월 31일에 55년의 영화를 뒤로하고 헐린 '혹 히압 렁'이라는 커피숍 겸 레스토랑에 대한 감독 자신의 추억을 담은 이 작품은 7분이라는 짧은 러닝타임에도 불구하고 뮤지컬 신을 포함하여 '추억'이라는 주제에 너무나 잘 어울리는 형식을 사용하고 있다. 싱가포르 감독으로는 유일하게 세계적인 지명도를 가지고 있는 에릭 쿠의 뒤를 이을 재목으로 평가하고 싶다.

로이스톤 탄 감독의 <혹 히압 렁>

말레이시아 정부, 인력 양성에 나서다

싱가포르영화제의 매력이라면 역시 동남아권 영화에 강세를 보이고 있다는 점일 것이다. 올해도 말레이시아, 인도네시아, 싱가포르, 태국, 베트남 등지의 작품들이 골고루 소개되고 있다.

말레이시아에서는 단편 2편, 다큐멘터리 3편을 포함하여 모두 8편이 초청되었다. 장편 극영화는 오스만 알리Osman Ali의 〈부칵 아피Bukak Api〉, 아미르 무함마드Amir Muhammad의 〈립스 투 립스Lips to Lips〉, 텍 탄Teck Tan의 〈스피닝 게이싱 Spinning Gasing〉 등 3편이 초청되었다.

말레이시아영화는 아직 세계 무대에서 주목할 만한 작가나 작품을 배출하지 못하고 있다. 그나마 우웨이 하지사아리 정도가 인정을 받고 있는 정도이다(그의 작품 〈방화범The Arsonist〉과 〈조고Jogho〉가 부산국제영화제에서 소개된 바 있다). 이번에 초청된 세 작품 역시 그다지 주목할 만한 작품들은 아니었다. 그러나 약간의 변화는 감지할 수 있었다. 말레이시아 최초의 장편 디지털영화인 〈립스 투 립스〉(이 작품은 현재 제2회 전주국제영화제에 초청되어 있는 상태이다)의 경우 쿠엔틴 타란티노 Quentin Tarantino 영화처럼 다양한 인물군의 좌충우돌하는 이야기를 다루고 있지만, 게이에 관한 이야기가 등장한다는 점은 주목할 만하다. 익히 알려진 것처럼 현 수상 마하티르Mahathir

Mohamad가 정적 안와르_{Anwar Ibrahim}를 제거하기 위해 동원한 죄 **172**
명이 바로 동성애에 대한 혐의였었다. 그러한 나라에서 게이에
관한 이야기가 등장한다는 것은 좀처럼 상상하기 어려운 일이
었다. 〈부카 아피〉는 한술 더 떠서 아예 쿠알라룸푸르의 윤락
가 초킷 지역의 매춘부와 트랜섹슈얼에 대한 이야기를 직접적
으로 다루고 있다. 작품 수준에 있어서는 아직 전반적으로 모든
것이 미흡하기는 하지만 그러한 소재를 다루고 있다는 점에서
변화의 조짐을 감지할 수 있는 것이다.

변화의 조짐은 또 있다. 정부 차원에서 영화산업을 적
극적으로 지원하고 나선 것이다. 지난해 말레이시아 정부는
'이-빌리지_{E-Village}' 계획을 수립, 발표한 바 있다. 1,200에이커
에 달하는 부지에 영상물 제작과 후반 작업에 필요한 모든 시설
과 장비들을 갖추기로 한 것이다. 그리고, 지난 4월 5일과 6일
에 정부의 '에너지, 커뮤니케이션과 멀티미디어부'는 '이-빌리
지 국제자문위원단_{EVIP}'을 결성하여 그 첫 회의를 가졌다. '에너
지, 커뮤니케이션과 멀티미디어부' 장관 다툭 아마르 레오 모기
_{Datuk Amar LEO MOGGIE}의 주관하에 열린 이번 회의에서는 이-빌
리지의 향후 추진 방향과 활성화 방안, 말레이시아 영화산업의
진흥방안 등에 대해 심도 깊은 의견을 교환한 것으로 알려지고
있다. 말레이시아 정부는 이-빌리지를 세계적으로 경쟁력 있는
영상단지로 만들기 위해 자문위원단도 국제적 인사들로 구성하
였으며, 호주 퍼시픽 필름 앤드 TV 커미션_{Pacific Film and Television}

Commission의 위원장 로빈 제임스Robin James, 캐나다 밴쿠버 영화 학교Vancouver Film School 교장 제임스 그리핀James Griffin, 홍콩 골든 하베스트사 회장 레이몬드 초우Raymond Chow, 미국 실리콘 그래픽사Silicon Graphics의 사장 숀 언더우드Shawn Underwood 등 모두 12명으로 구성하였다.

말레이시아 정부의 이러한 야심 찬 계획이 성공을 거둘지 어떨지는 아직 아무도 알 수 없다. 다만 기본적으로 영화를 만드는 인력의 양성과 그들이 자유롭게 작품 활동을 할 수 있는 환경을 만들어 주지 못한다면 성공 가능성은 희박하다고 하겠다. 싱가포르가 지난 10년간 추진해 왔던 영상산업 육성 정책이 지금은 거의 실패로 끝난 사례가 있기 때문이다.

[제14회 싱가포르영화제 소식 제4신] 베트남영화의 근황

올해 싱가포르영화제에는 모두 네 편의 베트남영화가 소개되고 있다. 이미 지난 2월에 있었던 베를린영화제의 영 포럼 부문에서도 '베트남영화 특별전'을 개최한 바 있지만, 지난해 연말 하노이에서 아시아 태평양영화제Asia-Pacific Film Festival가 개최되었고 오랜만에 베트남영화가 대상을 수상하는 등 갑자기 베트남영화가 활기를 띠고 있는 것처럼 보이는 것도 사실이다. **173** 그러나 반드시 주목해야 할 만큼 커다란 변화가 있는 것은 아니고, 조금씩 수준이 향상되어가는 모습이다.

[제14회 싱가포르영화제 소식 제5신] 싱가포르영화제에서 만난 필립 체

싱가포르영화제 집행위원장인 필립 체는 다소 특이한 경력의 소유자이다. 원래 싱가포르의 유명한 음악잡지인《빅오Big O》의 편집장이며, 싱가포르영화제 창립 때부터 일해오고 있다. 또한 아루나 바수데프와 함께 아시아영화진흥기구의 설립을 주도한 바 있다. 3명의 정규직원과 파트타이머 10명(6개월 3명, 4개월 7명), 그리고 20여 명의 자원봉사자와 함께 싱가포르영화제를 운영하고 있다. 올해의 예산은 100만 싱가포르달러이며, 총 4만 5천여 명의 관객을 동원할 것으로 예상되고 있다.

[제14회 싱가포르영화제 소식 제6신] 한석규 씨의 인기

이곳 싱가포르에서도 한국영화는 서서히 인지도를 넓혀가고 있다. 싱가포르영화제에 초청된 한국 작품 중에 홍상수 감독의 〈오! 수정〉은 일찌감치 표가 매진되어 상영을 추가하였고, 〈춘향뎐〉이나 〈플란다스의 개〉에 대한 반응도 좋은 편이었다. 일반 극장에서는 이현승 감독의 〈시월애〉가 10개 이

상의 극장에서 인기리에 상영 중이고, 〈비천무〉가 개봉을 앞두고 한창 홍보에 열을 올리고 있다.

한국영화의 인기 상승에는 한석규 씨의 역할도 한몫을 단단히 하고 있다. 현지에서 한석규 씨의 근황을 묻는 사람이 의외로 많았던 것이다. 이곳에서는 〈8월의 크리스마스Christmas in August〉와 〈텔미썸딩Tell Me Something〉, 〈쉬리〉 등이 일반 극장 혹은 영화제를 통해서 소

<8월의 크리스마스> 해외 포스터

개되면서 한석규 씨가 알려지기 시작하였는데, 이미 상당수의 팬을 확보한 것으로 보인다.

'한석규'라는 이름만 들어도 열광적으로 반응하는 팬들도 꽤 있었다.

싱가포르 영화산업의 근황은 그다지 밝지 못하다. 도시국가가 지니는 한계를 벗어나지 못하고 있는데, 얼마 전에 개봉된 싱가포르영화 〈닭볶음밥 전쟁Chicken Rice War〉도 흥행에 실패하고 말았다. 지난 98년 〈디스코 포에버Forever Fever〉의 흥행성공으로 기대를 걸었던 영화산업의 정착은 여전히 난관에 봉착해 있는 것이다.

175   이러한 악조건 속에서 그나마 정부의 의지를 확인할 수

있는 기구가 싱가포르 필름 커미션SFC, Singapore Film Commission이 **176**
다. 지난 1998년 4월에 문을 연 SFC는 싱가포르에서의 영화제
작이 원활하게 진행되도록 지원하고, 젊은 재능의 발굴과 지원
을 목표로 하고 있다. 싱가포르영화제에 재정 지원도 하고 있는
데, 전체 예산의 15% 정도를 부담하고 있다. 구체적으로 SFC는
매년 4편의 프로젝트를 선정하여 각 25만 싱가포르달러의 제작
비를 지원하고 있다. SFC의 도움으로 완성된 작품이 매년 4편
정도씩 배출되고 있는 것이다.

이곳 싱가포르영화제에서는 유일하게 장편 디지털영화
가 한 편 소개되고 있다. 〈부두 나이트메어Return to Pontianak〉가
바로 그 작품으로, 〈블레어 위치Blair Witch〉를 고스란히 모방한
작품이다. 당연히 이곳에서도 별 관심을 끌지 못하고 있다. 그
나마 희망이 있다면 에릭 쿠일 것이다. 현재 그는 한창 신작을
찍고 있으며, 가을 개봉을 목표로 하고 있다고 한다. 전작 〈면
로〉와 〈12층〉의 작품 수준과 흥행 성적을 떠올린다면 충분
히 기다려볼 만한 감독이기는 하다.

[핫영화소식]

[제54회 칸영화제 소식 제1신] 칸영화제 일정 시작

　　현지 시간으로 오후 3시인 이곳 칸은 서서히 영화제 분위기가 고조되고 있다. 경쟁부문 영화가 상영되는 뤼미에르 대극장의 크로와제 계단에는 이미 붉은색 카펫이 깔렸고, 마켓의 부스 설치도 모두 끝난 상태이다. 오전에는 약간 쌀쌀한 날씨였으나, 오후 들어서는 20도를 웃도는 무더운 날씨를 보이고 있다. 필자(김지석 프로그래머)와 전양준 프로그래머의 이곳 일정은 배지를 받는 것으로부터 시작되었다.

[제54회 칸영화제 소식 제2신] 개막작 〈물랑루즈〉 상영

　　5월 9일 저녁 6시경부터 메인 베뉴인 뤼미에르 대극장에 게스트들이 입장하기 시작하였다. 붉은 카펫이 깔린 계단 양쪽으로는 정장을 한 사진기자들이 일찌감치 자리를 잡고 입장하는 게스트들을 부지런히 찍기 시작하였다. 뤼미에르 대극장에 입장하는 게스트나 관객은 개·폐막식은 물론 영화제 기간 중 오후 5시 이후에 상영되는 작품을 보러 갈 때 반드시 정장 차림을 해야 한다. 때문에 필자의 경우 개막식을 제외하고는 5시 이

177

후에 뤼미에르 대극장을 절대로 찾지 않는다. 정장, 특히 나비 **178**
넥타이를 매야 하기 때문이다.

　게스트들이 입장하는 장면은 극장 안팎에 설치된 대형 멀티큐브를 통해 중계되며, 집행위원장 질 자콥Gilles Jacob이 극장 정문에서 게스트들을 맞는다. 7시 15분에 시작하기로 예정되어 있었던 개막식은 늑장을 부리는 게스트들 때문에 좀 늦춰져 7시 45분경에 겨우 시작되었다. 게스트 입장의 마지막은 심사 위원단과 개막작 감독인 배즈 루어먼Baz Luhrmann, 주연 여배우 니콜 키드먼Nicole Kidman의 순서로 마무리되었다. 올해는 개막작이 〈물랑루즈Moulin Rouge〉인 점에 착안, 배즈 루어먼과 니콜 키드먼이 입장하기 전에 일단의 무희들이 붉은 카펫 위에서 캉캉 춤을 추는 깜짝쇼를 펼쳐 보였다.

　개막식은 언제나 그랬듯이 간소하게 진행되었다. 원래는 공연도 거의 없는 편이었는데, 지난해에 개막식에서 공연을 선보인 뒤 올해도 공연을 올렸다. 탭댄스 공연이었다. 그러나 시간은 매우 짧았다. 공연이 끝난 뒤 여배우 샬럿 램플링Charlotte Rampling의 사회로 개막식이 시작되었다. 개막식 내용은 심사 위원 소개와 개막작 배우 소개로 끝이었다. 일체의 연설도 없는 간결함 그 자체였다. 다만 한 가지 아쉬운 점이 있다면, 올해도 개막식을 줄곧 불어로만 진행하였다는 점이다. 사실 칸에서 불어로 개막식을 진행하는 것이 별로 새삼스러울 것은 없다. 늘 그래왔으니까. 많은 게스트가 불평을 하지만 칸은 이에 아랑

곳하지 않는다. 개막식이 끝난 뒤에는 잠깐의 휴식 시간이 있다. 그 사이에 무대에 설치되었던 각종 세트를 치우는 것이다. 그 광경을 바라보고 있노라면 재미있는 모습도 많이 발견한다. 특히, 세트를 치우고 난 스태프들이 진공청소기로 무대를 열심히 청소하는 장면은 우습기까지 하다.

그러고 나서 개막작 상영이 시작되었다. 상영 시간은 약 2시간. 할리우드영화이기는 하지만 소재가 '물랑루즈'라 그런지 영화가 끝난 뒤 관객들의 반응은 예년에 비해 더욱 열광적인 것 같았다. 그리고 상영이 끝난 뒤에는 영화가 끝나기를 기다리고 있던 극장 바깥의 관객들을 위해 배즈 루어먼, 니콜 키드먼이 다시 한번 포즈를 취해주는 것으로 개막작 상영의 모든 일정이 막을 내렸다.

개막작 〈물랑루즈〉는 '퓨전 판타지 뮤지컬'이라고나 할까. 배즈 루어먼이 창조해낸 '물랑루즈'의 세계는 전혀 복고적이지 않을뿐더러, 매우 새로운 형식의 뮤지컬이라고 볼 수 있다. 앙리 드 툴루즈 로트레크Henri de Toulouse Lautrec의 이야기 대신 크리스티앙Christian이라는 젊은 작가와 물랑루즈의 스타 가수 샤틴Satine의 사랑 이야기가 담긴, 다분히 신파조의 이야기이지만 루어먼의 상상력은 '물랑루즈'라는 공간을 전혀 새로운 이미지로 탄생시켰다. MGM의 전형적인 뮤지컬 양식을 차용하면

179 서도(군무가 빚어내는 기하학적인 형태를 하이 앵글로 묘사하는 등), 이

개막작 <물랑 루즈>

곳저곳으로 날아다니는 카메라를 통해 몽환적인 마술적 세계의 이미지마저도 창조해내고 있다. 무대 디자인 역시 화려하면서도 신비로운 분위기를 충분히 이끌어내고 있다. 루어먼이 작심하고 시도한 '퓨전'의 방식은 음악에서 절정을 이룬다. 19세기 말의 물랑루즈가 배경임에도 불구하고, 그는 샹송이 아닌 올드 팝을 짜깁기하여 러브 송으로 사용하는데, 데이비드 보위, 엘튼 존, 퀸, 그리고 마돈나의 주옥같은 명곡들이 등장한다. 어찌 보면 팝송 메들리 같기도 하다.

[제54회 칸영화제 소식 제3신] 점퍼 차림으로 레드 카펫을 밟게 될 모흐센 마흐말바프

칸마켓에 부스를 차린 일본회사 중에 눈에 띄는 곳은 '뉴 시네마 프롬 저팬New Cinema from Japan'이다. 일본 독립영화의 해외 수출을 지원하기 위해 만든 임의 단체인 이곳의 책임은 니시무라 다카시Nishumura Takashi와 아이하라 히로미Aihara Hiromi가 맡고 있다. 이 회사 부스에서는 지난 1년간 만들어진 일본의 주요 독립영화를 모두 만날 수 있다. 니시무라 다카시는 독립영화 제작자로서 현재 도쿄영화제의 프로젝트 마켓인 '도쿄 크리에이터스 포럼Tokyo Creator's Forum'의 책임자이기도 하다. 그런데 니시무라 다카시에 따르면 올해의 도쿄 크리에이터스 포럼

181

은 예년과 동일한 적은 예산으로 많은 어려움을 겪고 있다고 한
다. 부산국제영화제의 PPP를 본떠 만들었지만 전문 인력과 예
산의 부족으로 애초의 기획과는 달리 점차 규모를 줄여가고 있
는 것이다. 니시무라 다카시에 따르면 올해부터 도쿄 크리에이
터스 포럼의 성격을 보다 분명하게 하기로 했다고 한다. 즉, 올
해도 예년처럼 10편 내외의 프로젝트를 초청할 것이고 이 중 7,
8편은 일본 프로젝트가 될 것이며(PPP는 20편 내외의 프로젝트 초
청) 나머지 2, 3편도 일본과 다른 아시아 국가 간의 합작 프로젝
트에 할당되리라는 것이다. 이는 곧 일본 제작자의 프로젝트만
을 초청한다는 것으로, 결국 도쿄 크리에이터스 포럼은 국내용
프로젝트 마켓으로 방향을 정한 것이다.

모함마드 아테바이는 이란에서 영문 영화전문지《필름
인터네셔널》의 부편집인으로 일하면서 독립영화 제작자로도
일하고 있는 영화인이다. 그는 3년 전에 자파르 파나히의 〈써
클〉 프로젝트를 들고 부산국제영화제를 방문한 적도 있다. 현
재 그는 3편의 연작 다큐멘터리 시리즈를 제작하고 있는데, 놀
랍게도 이 다큐멘터리 시리즈에서 다루고 있는 내용은 매춘과
게이에 관한 것이다. 아테바이는 이란 내에서 공공연한 비밀이
었던 매춘과 게이의 실상에 대해 정면으로 카메라를 들이대고
있는 것이다. 물론 이 작품이 몰고 올 파장은 짐작하기 어렵지
않다. 아테바이는 이미 각오하고 있다는 듯 필자에게 도와달라
는 이야기를 몇 번이고 강조하였다. 자파르 파나히의 〈써클〉

에서 매춘에 관한 이야기가 잠깐 등장했음에도 불구하고 종교 세력들과 보수적 언론에서 무자비한 공격을 가했던 전력에 비추어볼 때 그 이상의 공격이 이 다큐멘터리에 가해질 것으로 보인다. 현재 이 작품은 한창 촬영이 진행되고 있으며, 가을 안으로는 완성될 것이라고 한다.

내일(5월 11일), 드디어 모흐센 마흐말바프의 경쟁부문 진출작 〈칸다하르〉의 공식 상영이 있게 된다. 오후에 잠깐 만난 마흐말바프는 변함없는 모습으로 필자를 맞아주었다. 지난해 부산국제영화제에서 열린 '마흐말바프 가족 특별전' 이후 올해 모스크바영화제에서도 그와 비슷한 프로그램이 기획 중이며, 미국에서도 AFI의 후원 아래 같은 성격의 회고전이 열릴 예정이다. 이러한 사실을 오늘에야 알게 된 마흐말바프는 무척 놀라면서도 즐거워했다. 필자는 마흐말바프에게 궁금한 한 가지 사항을 물어보았다. 내일 저녁에 있을 〈칸다하르〉의 공식 상영 시 뤼미에르 대극장에 입장할 때 관례적으로 정장을 해야 하는데, 어떻게 할 것이냐고 물어본 것이다. 왜냐하면 마흐말바프는 대부분 수수한 점퍼 차림이기 때문이다. 마흐말바프는 웃으면서 지금 이대로의 모습으로 입장할 것이라고 하였다. 지금 이대로의 모습이란 역시 검은색 점퍼와 검은색 진 차림이었다. 마흐말바프는 질 자콥 칸영화제 조직위원장이 정장 차림을 요청해 왔으나, 자신이 그렇게 할 수 없다고 하자 뜻밖에도 순순히 허락을 하였다고 한다. 내일 저녁이면 칸영화제 사상 가장 수수

183

한 차림으로 뤼미에르 대극장의 붉은 카펫을 밟는 감독을 보게
될 것이다.

<칸다하르>로 경쟁부문에 진출한 모흐센 마흐말바프 © Makhmalbaf Family Official Website

[제54회 칸영화제 소식 제4신] 태국영화의 무서운 기세

칸에서 파티는 헤아릴 수 없이 많이 열린다. 그런데 대
부분의 파티는 영화사나 작품의 프로모션을 위해 개최되기 마
련이다. 칸의 경우는 해변에 파티를 할 수 있는 환경이 충분히
조성되어 있어 많은 파티가 바닷가에서 열린다. 오늘은 저녁 7
시에 구로사와 기요시 감독의 〈회로〉 파티가 있었고, 8시에는
위시트 사사나티앙 Wisit Sasanatieng 의 〈검은 호랑이의 눈물 Tears

Of The Black Tiger〉파티가 있었다.

〈검은 호랑이의 눈물〉의 해외 세일즈를 맡고 있는 포르티시모는 기분 좋은 파티를 열 수 있었다. 어제 있었던 기자 시사 이후 미라맥스가 아메리카대륙, 스칸디나비아반도, 아프리카의 배급권을 사들였기 때문이다. 포르티시모의 공동대표인 우터 바렌드렉은 〈검은 호랑이의 눈물〉의 세일즈와 더불어 〈방콕 데인저러스Bangkok Dangerous〉를 연출하였던 옥사이드 팽Oxide Pang Chun, 대니 팽Danny Pang의 신작 〈디 아이The Eye〉의 프리 세일즈와 논지 니미부트르의 〈잔 다라〉의 프로모션을 함께 하면서 이번에 거둔 태국영화의 수출 성과에 대해 상당히 만족해하고 있었다.

이처럼 최근 더욱 강력해지고 있는 태국영화의 기세는 칸에서도 계속되는 중이었다. 〈회로〉파티는 〈검은 호랑이의 눈물〉파티보다는 조촐하였지만, 이번에 〈달의 사막Desert Moon〉으로 경쟁부문에 오른 아오야마 신지도 참석하는 등 나름대로 의미 있는 시간이었다. 필자와 정태성 PPP 수석운영위원은 기요시의 차기 프로젝트 문제를 가지고 그와 이야기를 나누었다. 기요시는 현재 차기작의 시나리오를 쓰고 있는 중으로, 진행 추이를 보아 PPP의 초청도 고려하기로 하였다. 기요시는 차기작의 제작이 끝난 다음에는 한국의 한 영화사와 다음 작품을 제작하기로 이미 약속이 되어 있다고 한다.

185　　　세계적으로 권위 있는 영화산업 전문지 《버라이어티》

명을 선정하여 발표하였다. 이 리스트에 명필름의 심재명, 이
은 대표가 포함되어 있다. 이들 외에 리스트에 포함된 제작자는
필립 보베르Philippe Bober(로예 감독의 〈수쥬〉제작자), 〈빌리 엘리
어트Billy Elliot 〉의 제작자 조너선 핀Jonathan Finn 과 나타샤 와턴
Natascha Wharton 등이 포함되어 있다. 〈버라이어티〉지는 칸영화
제 기간 중에 이들을 위한 리셉션을 개최할 예정이다.

　　모흐센 마흐말바프의 경쟁부문 진출작 〈칸다하르〉가
드디어 그 모습을 드러냈다. 캐나다로 이민 가서 살고 있는 한
아프가니스탄 여성이 동생의 편지를 받고 그녀의 생사를 알기
위해 이란의 국경을 거쳐 아프가니스탄으로 떠나는 여정을 담
고 있는 이 영화는 기본적으로 아프가니스탄에서 고통받고 있
는 난민들에 대한 관심과 각성에서부터 시작되었다. 영화는 이
란 국경 근처에 있는 아프가니스탄 난민촌에서부터 시작된다.
그곳에는 다리를 잃은 수많은 사람들이 의족을 얻기 위해 기다
리고 있다. 그리고 헬리콥터에서 그들에게 의족을 낙하산을 통
해 내려보낸다. 하늘에서는 다리가 낙하산에 대롱대롱 매달린
채 내려오고 땅 위에서는 그 의족을 서로 차지하려고 목발을 힘
차게 움직여가며 뜀박질하는 다리 잃은 난민들의 모습이 담긴
다. 이 강렬한 장면이 모든 주제를 함축적으로 보여주고 있다.
마흐말바프는 실제로 아프가니스탄에서 질병과 굶주림으로 죽
어가는 수많은 사람을 만났으며, 이들의 비참한 처지에 대한

작가로서의 책임을 늘 가슴에 담아두고 있었다고 한다. 그리고 칸영화제가 시작되기 직전 마흐말바프는 많은 지인에게 최근 탈레반이 자행한 불상 파괴 만행과 더불어 인간의 생명이 존중받지 못하는 아프가니스탄의 현실을 개탄하는 52페이지짜리 장문의 글을 보낸 바 있다.

어떤 면에서 이 작품은 지난해 큰딸 사미라의 〈칠판〉과 궤를 같이하는 작품이라 볼 수 있다. 소외받는 쿠르드족의 처지, 죽을 곳을 찾아 산길을 떠나는 일단의 사람들, 칠판을 등에 지고 학생들을 찾아다니는 선생님들의 이야기가 〈칠판〉이었다면, 〈칸다하르〉는 늘 죽음의 공포에 시달리는 아프가니스탄 사람들의 이야기를 주축으로, 동생을 찾아 길을 떠나는 언니, 의족을 얻기 위해 뜀박질하는 다리 잃은 사람들의 이야기를 그리고 있다. 이처럼 소외받고 고통받는 사람들에 대한 애정과 관심, 강렬한 화면 구축 등으로 인해 마치 쌍둥이 작품을 보는 듯하다. 이처럼 마흐말바프 부녀는 나이를 초월하여 이상과 예술적 열정을 공유하는 아름다운 모습을 보여주고 있다.

[제54회 칸영화제 소식 제5신] **실망과 숭고를 오가며**

마켓에서는 주목할 만한 일본영화 한 편이 상영되었다. **187** 노장 스즈키 세이준의 〈피스톨 오페라Pistol Opera〉가 바로 그

것. 〈유메지〉이후 근 10여 년 만에 발표한 작품이라 상당히 기대가 되었던 작품이기도 하다. 내용은 여성 킬러가 라이벌 킬러들을 하나씩 제거해 나가는 이야기를 담고 있다. 일본에서 70대가 넘은 감독이 작품을 만드는 것이 그다지 새삼스러운 일은 아니지만 세이준의 경우 워낙 흥행과는 거리가 멀어 다시는 작품을 만들지 못할 것이라는 전망이 많았던 것도 사실이다. 이번 작품도 예외 없이 자신의 스타일대로 기괴하고 엉뚱하지만, 안타깝게도 70년대 스타일에서 한 치도 벗어나지 않고 있어 다소 실망스러웠다. 시사회장에 모인 관객들의 반응도 미지근한 편이었다.

이곳 칸에서 태국영화의 인기는 매우 인상적이다. 그런데 오늘 또 다른 기대작 두 편의 트레일러 상영이 마켓에서 있었다. 차트리찰레름 유콘Chatrichalerm Yukol의 대하극 〈수리요타이 Suriyothai〉와 논지 니미부트르의 〈잔 다라〉가 그것이다. 5년간의 제작 기간을 거쳐 드디어 오는 8월에 개봉하게 되는 〈수리요타이〉는 막대한 제작비를 투입한 대작답게 웅장한 화면을 선보였고, 흥행에 대한 제작진의 자신감도 엿볼 수 있었다. 국내에는 부산국제영화제에서 소개된 〈낭낙〉으로 잘 알려진 논지 니미부트르의 〈잔 다라〉는 홍콩의 여배우 중리티Christy Chung가 주인공으로 등장하여 눈길을 끄는 작품이다. 젊은 계모와 사랑을 나누는 청년의 이야기를 다룬 이 작품은 태국영화로서는 파격적인 성애 장면을 선보이고 있으며, 현재 베니스영화제 진출이 유력한 것으로 알려지고 있다. 〈검은 호랑이의 눈물〉의 성공적인 세일즈로 주가를 올리고 있는 포르티시모가 이 작품의 배급도 맡고 있다.

칸 이후의 주요 영화제로는 모스크바국제영화제(이하 '모스크바영화제'), 카를로비바리국제영화제Karlovy Vary International Film Festival(이하 '카를로비바리영화제'), 산세바스티안국제영화제San Sebastian International Film Festival(이하 '산세바스티안영화제'), 토론토국제영화제(이하 '토론토영화제'), 베니스국제영화제(이하 '베니스영화제') 등을 들 수 있다. 이들 영화제에서 초청을 확정 지었거나, 고려 중인 한국영화의 윤곽이 조금씩 드러나고 있다. 모스크바영화제는 김기덕 감독의 〈실제상황Real Fiction〉을 경쟁부문에 초청하였으며, 베니스영화제 역시 김기덕 감독의 〈수취인불명 Address Unknown〉을 초청 대상으로 고려하고 있다. 베니스영화제 집행위원장 알베르토 바르베라Alberto Barbera는 타 영화제 관계자들이 이 영화의 마켓 상영에 참여하지 않으면 좋겠다는 의사까지 비출 정도였다. 베니스영화제에는 〈수취인불명〉 외에도 〈와이키키 브라더스Waikiki Brothers〉가 후보로 올라있다.

한편, 마켓에서 뜨거운 관심을 받고 있는 〈친구Friend〉는 몬트리올국제영화제Montreal International Film Festival에서 경쟁부문에 초청하겠다는 의사를 피력해 왔으나, 세일즈 에이전트인 시네클릭 아시아Cineclick Asia는 좀 더 중요한 영화제의 반응을 **189** 본 다음에 답을 주기로 하였다고.

오후 3시에는 압바스 키아로스타미의 〈ABC 아프리카
ABC Africa〉의 상영이 있었다. 관객이 너무 많이 몰려 표를 가진 관객도 다 입장하지 못할 정도로 인기가 있었다. 이 작품은 우간다에서 기아와 AIDS로 죽어가는 아이들에 관한 다큐멘터리를 만들어 달라는 유니세프의 요청으로 만들어진 작품이다. 키아로스타미는 우간다로 건너가 아이들의 비참한 현실과 그럼에도 불구하고 해맑은 그들의 모습을 담아내고 있다. 한 AIDS 센터에서 죽은 아이의 시신을 종이박스에 담아 자전거에 실어 어디론가 보내는 충격적인 장면도 담고 있다.

사실 〈그리고 삶은 계속된다〉에서 대지진이 일어난 후 〈내 친구의 집은 어디인가〉에 출연하였던 아이의 생사를 찾기 위해 길을 떠났던 키아로스타미의 영화관과 인생관을 보면 그가 〈ABC 아프리카〉 같은 작품 또한 기꺼이 만들었으리라는 짐작을 할 수 있다. 그러나 그가 진정으로 존경받아야 할 이유는 자신이 가진 명성을 보다 가치 있는 일에 사용하고 무언가 사회에 봉사해야 한다는 사명감을 늘 새기고 있다는 점 때문일 것이다.

우간다의 한 호텔에서 전기조차 들어오지 않아 한밤중에 방을 찾아 들어가는 장면을 암전 속에 담아내면서 '우리에게는 단 5분이 이렇게 길게 느껴지는데, 이곳 사람들은 평생을 그렇게 살아오지 않았는가'라고 자문하는 장면에서 그의 성자와도 같은 모습을 엿볼 수 있었다.

압바스 키아로스타미 감독의 <ABC 아프리카>

올해 칸에 초청된 인도영화는 장편의 경우 무랄리 나이르Murali Nair의 〈개의 날A Dog's Day 〉단 한 편이지만, 마켓에서는 두 편의 주목할 만한 작품이 소개되고 있다. 미라 네어Mira Nair의 〈몬순 웨딩Monsoon Wedding 〉과 산토시 시반Santosh Sivan의 〈아소카Asoka 〉가 바로 그것이다.

국내에는 〈살람 봄베이Salaam Bombay! 〉로 잘 알려진 미라 네어의 신작 〈몬순 웨딩〉은 딸의 결혼을 앞둔 상류계층 가족의 내밀한 이야기와 갈등, 그리고 그와 함께 하층계급의 사랑 이야기가 함께 펼쳐지는 작품이다. 사랑하는 애인을 두고 다른 남자와 결혼해야 하는 딸의 혼란스러운 정서, 과거 어린 시절 자신을 추행하였던 삼촌을 다시 만나게 된 사촌 딸의 고민, 딸을 시집보내야 하는 착잡한 심정의 아버지 등 갖가지 가족 구성원들의 이야기가 짜임새 있게 펼쳐지는 이 작품은 여러모로 〈셀레브레이션The Celebration 〉을 연상시키지만, 그보다는 훨씬 밝고 희망적이다. 이 작품은 올 베니스영화제 진출이 유력하다.

산토시 시반의 〈아소카〉는 아직 제작이 진행 중이며, 이곳 마켓에 설치된 인도 부스에서 트레일러를 볼 수 있다. 마니 라트남과 오랫동안 작업을 같이한 촬영감독 출신으로 〈테러리스트The Terrorist 〉라는 인상적인 작품을 만들었던 산토시 시

미라 네어 감독의 <몬순 웨딩>

칸영화제(2001)

반이 이번에 만들고 있는 〈아소카〉는 시대극이다. 인도 역사 **194** 상 가장 위대한 왕으로 손꼽히며 불교를 널리 융성케 하였던 아 소카왕의 일대기를 그리고 있는 이 작품은 올 하반기의 가장 주 목할 만한 작품으로 꼽히고 있다. 공교롭게도 올 하반기에는 아 시아에서 대하 시대극 몇 편이 거의 동시에 선을 보이는데, 한 국의 〈무사 The Warriors〉와 태국의 〈수리요타이〉, 그리고 인도 의 〈아소카〉가 그들이다. 그 결과를 점쳐 보는 것도 재미있을 듯하다.

| 〈수리요타이〉

이곳 칸에서는 홍콩영화가 정부의 적극적인 지원을 등에 업고 대대적인 프로모션을 하고 있다. 저우룬파 Chow Yun Fat, 청룽, 량쯔충, 홍진바오 Hung Kam Po, 류더화 등 스타들까지 총동원하여 홍보를 하고 있는 것이다. 그런데 정작 마켓에서 상영되고 있는 작품들은 별로 눈에 띄는 것이 없다. 스타들이 요란하게 선전을 하고 다니지만 정작 내세울 만한 작품이 없는 것이다. 겨우 관심을 끌 만한 작품으로 메이블 청 Mabel Cheung의 〈베이징 락 Beijing Rocks〉이 있다. 비록 칸 본선에는 오르지 못했지만, 초청이 유력한 작품 중의 하나였다고 한다. 내용은 베이징의 한 록밴드와 홍콩에서 베이징으로 건너와 이들 밴드와 합류하는 청년 마이클의 이야기를 담고 있다. 영화는 아직 록 문화를 수용하기에는 너무 이른 중국에서 답답해하고 고뇌하는 젊은이들의 모습을 진지하게, 또 때로는 유머러스하게 묘사하고 있다. 〈와호장룡〉의 피터 파우 Peter Pau가 촬영을 맡고 있으며, 수치와 오언조 Daniel Wu가 열연을 하고 있다. 홍콩에서는 아직 미개봉 상태이며, 오는 가을경에 개봉될 예정이라고 한다. 그리고 베니스영화제가 이 작품에 대해 관심을 보이고 있는 것으로 알려지고 있다.

195

　　프랑스의 세계적인 예술영화 전문배급사 셀룰로이드 드림과 한국의 퍼시픽엔터테인먼트Pacific Entertainment가 함께 손을 잡고 전 세계적인 예술영화 배급망을 구축한다. 퍼시픽 엔터테인먼트는 연간 35편 내외의 예술영화를 셀룰로이드 드림으로부터 공급받으며, 아시아지역 배급을 퍼시픽엔터테인먼트가 책임지게 된다. 두 회사는 이 밖에도 50만 달러 규모의 시나리오 개발 펀드를 출범시키며, 제작도 직접 할 계획이다. 앞으로는 이들 두 회사 외에 북미권의 회사도 추가될 것으로 보인다. 이러한 네트워크가 성공적으로 구축될 경우 한국에서 만들어지는 저예산 영화도 해외배급의 길을 보다 쉽게 찾을 수 있을 것으로 보인다. 두 회사 간의 협력체제 구축에 대한 발표는 내일 이곳 칸에서 있을 예정이다.

　　이번 칸에는 아시아로부터 두 편의 퀴어 영화가 초청되었다. 스탠리 콴의 〈란유Lan Yu〉와 하시구치 료스케의 〈허쉬!〉가 그것이다. 두 작품은 동성애를 다루고 있으면서도 너무도 대조적인 시각을 보여주고 있다. 완성이 늦어져 막판에 추가 초청된 〈란유〉는 베이징을 배경으로 한 사업가와 대학생 남창 간의 사랑과 이별을 그리고 있는 작품이다. 사실 두 사람이 남자라는 사실만 빼면 어느 멜로영화와 크게 다를 바 없는 내용이다. 사랑하고 질투하고 증오하는, 말하자면 평범한 남녀 간의 애정 이야기와 전혀 다르지 않은 이야기인 것이다.

반면에 〈허쉬!〉는 비교적 유쾌한 내용의 작품이다. 연인인 두 남자 사이에 한 여자가 끼어들어 아기를 갖고 싶다고 선언하면서 벌어지는 여러 가지 에피소드들을 그리고 있다. 하시구치 료스케는 일본에서 퀴어 영화를 만드는 몇 안 되는 감독으로, 동성애에 대해 사회의 편견은 여전하다고 보면서도 그러한 문제를 너무 엄숙하지 않게 풀어내고 있어 관객으로 하여금 가벼운 마음으로 영화를 볼 수 있게 하고 있다.

오후 5시에는 칼튼호텔Carlton Hotel에서 인도영화 파티가 있었다. 인도는 연간 800여 편의 영화를 만드는 영화대국이면서도 지난해 칸 마켓에 단 하나의 부스도 설치하지 않았었다. 올해는 인도 국립영화개발공사NFDC, National Film Development Corporation of India가 부스를 설치하여 인도영화 세일즈를 진행하고 있으며, 프로모션의 일환으로 오늘 파티를 연 것이다. 오늘 파티에는 인도의 정보성 장관 수시마 스와라지Sushma Swaraj가 호스트의 자격으로 참석하여 외빈을 맞았으며, 파티를 하기에는 좀 이른 시간임에도 불구하고 100여 명 이상의 게스트가 참여하였다. 현재 NFDC 부스에서는 올여름에 완성 예정인 산토시 시반의 대하 시대극 〈아소카〉의 판매가 호조를 보이고 있으며, 소니픽쳐스가 투자하는 〈미션 카슈미르Mission Kashmir〉도 좋은 평가를 받고 있다.

　　지난해 칸영화제에서 아시아영화의 화두는 '한국영화에 무슨 일이 일어나고 있는가?'였다. 4편의 장편이 경쟁부문을 비롯한 각 부문에 골고루 초청되었는가 하면, 마켓에 부스를 차린 한국영화사들의 활약이 눈부셨기 때문이다. 그렇다면 올해는? '한국영화와 태국영화에 무슨 일이 일어나고 있는가?'이다. 한국영화는 단 한 편의 장편도 공식 초청을 받지 못했지만 마켓에서만큼은 아시아의 여타 국가들에 비해 월등히 많은 바이어들이 밀려들고 있다. 아마도 이번 칸 마켓을 통해 한국영화사상 최고의 수출기록을 세울 것으로 전망되는데, 〈무사〉의 경우는 놀랍게도 몇 개의 미국 메이저 배급사들이 1천만 달러 이상을 부르고 있다. 〈친구〉도 뜨거운 관심을 받고 있으며, 현재 한창 제작이 진행 중인 한 장편 애니메이션은 프로모션 테이프 상영만으로 일본에 250만 달러에 팔렸다. 갑자기 한국영화가 아시아에서 가장 경쟁력 있는 상품으로 부상한 것이다. 물론 한 해의 성과만으로 일희일비할 필요는 없겠지만, 세계로 진출할 가능성을 확인한 점에 있어서는 매우 고무적인 현상이 아닐 수 없다. 한국영화의 이러한 성과는 홍콩의 그것과 좋은 대비가 된다. 잘 알려진 것처럼 올해 홍콩은 정부 당국의 지원에 힘입어 대대적인 프로모션 활동을 펼쳤다. 그 결과 이미 여러 작품들이 팔렸지만, 뭔가 허전한 느낌을 지울 수가 없다. 홍콩의 문제는 오로지 스타의 명성에만 의존하여 작품을 만들고, 그러한 전략이 해외 세일즈에서도 반복되고 있다는 것이다. 그렇게 손쉽게만 장사를 하다가는 유능한 제작 인력의 유출은 물론 양성조차 제대로 못하는 결과를 낳지 않을까 염려하는 분위기가 있는 것 또한 사실이다. 이러한 우려는 이곳 칸 마켓에서 상영되고 있는 홍콩영화들의 수준에서도 금세 드러난다.

지난 5월 12일에는 이곳 마켓에서 두 편의 태국영화의 트레일러 상영이 있었다. 대하 시대극 〈수리요타이〉와 논지 니미부트르의 에로틱영화 〈잔 다라〉가 그것이다. 이 두 편에 대한 해외 바이어들의 관심도 매우 뜨거웠다. 이 영화들은 '태국영화에 무슨 일이 일어나고 있는가?'라는 질문에 대한 답을 분명히 하고 있었다. 〈수리요타이〉는 제작 기간만 5년이 걸린 시대극으로 현재 미국의 메이저 배급사와의 협상이 한창 진행 중이다. 그런가 하면 과거 판금 되었던 소설을 영화화한 〈잔 다라〉는 파격적인 성애 장면으로 이미 주목을 받고 있다. 이들 작품이 개봉될 올 하반기는 태국영화의 정점이 될 것이다. 한편, 태국영화는 올해 처음으로 칸영화제에 초청받는 경사를 맞았었다. '주목할 만한 시선Un Certain Regard' 부문에 초청된 위시트 사사나티앙의 〈검은 호랑이의 눈물〉이 바로 그것이다. 논지 니미부트르의 〈낭낙〉의 시나리오 작가였던 사사나티앙의 이 작품은 특이하게도 태국판 서부 영화다. 그의 이 독특한 작품은 단번에 그를 주목할 만한 작가로 부상시켰다. 이 작품은 해외

세일즈도 성공적으로 이루어져 미국의 미라맥스에 판권이 팔리 **200**
기도 했다. 이처럼 올 칸영화제는 젊고 재능 있는 태국 감독들
의 실력을 확인하는 자리가 되었으며, 이러한 붐은 하반기까지
이어질 것이라는 전망을 확실히 예상케 했다. 부산국제영화제
는 이러한 태국영화의 부상을 예견하고, 이미 연초에 올 영화제
에서 '태국영화 특별전'을 개최할 것이라는 발표를 한 바 있다.

　　이곳 칸에서 아시아영화가 산업적으로만 주목받고 있
는 것은 아니다. 소금과도 같은 역할을 하는 아시아영화들도 많
이 있다. 특히 이란영화가 그렇다. 최근 아시아에서 주목받는
몇몇 감독들은 할리우드로 진출하거나 보다 규모가 크고 화려
한 영화를 만드는 경향이 있는 것도 사실이다. 물론 그 자체가
비교의 대상이 되어서는 안 되지만 모흐센 마흐말바프와 압바
스 키아로스타미의 행보는 우리로 하여금 한 번쯤 뒤를 돌아보
게 하는 교훈을 준다. 그들의 명성은 보다 나은 조건에서 보다
큰 규모의 영화를 만들 수 있을 정도로 높아져 있지만 그 두 사
람은 모두 오지나 위험한 지역으로 카메라를 옮겨갔다. 마흐말
바프는 〈칸다하르〉를 통해 아프가니스탄의 난민촌으로, 그리
고 키아로스타미는 〈ABC 아프리카〉를 통해 기아와 AIDS로
죽어가는 우간다의 아이들에게 다가갔다. 소외되고 위기에 처
한 사람들에 대한 관심과 책임을 보여주는 이들의 작품은 미학
적으로도 높은 수준을 보여주고 있다.

　　그리고 일본영화가 있다. 일본영화는 올 칸에서 실익을

얻지 못한 대신 명예를 확실히 챙겼다. 이마무라 쇼헤이의 뒤를 이을 작가들, 즉 아오야마 신지나 고레에다 히로카즈, 구로사와 기요시, 스와 노부히로 등이 각기 다양한 자기 색깔을 보여줌으로써 일본영화는 아시아 작가영화의 중요한 산실임을 증명해 보였다. 특히 아오야마 신지는 경쟁부문에 초청된 〈달의 사막〉을 통해 곧 대가의 반열에 오를 것임을 입증해 보였다.

[핫영화소식]

[제26회 홍콩영화제 소식 제1신] **홍콩영화제의 새 모습… 주최 측 변경,
섹션 조정, 마켓 스크리닝 시작 등**

오늘(3월 27일) 제26회 홍콩영화제의 막이 오른다. 개막작은 올 베를린영화제 개막작이었던 톰 티크베어Tom Tykwer의 〈천국Heaven〉과 프룻 챈의 〈할리우드 홍콩Hollywood Hong-Kong〉(홍콩)이며, 폐막작은 차이밍량의 〈거긴 지금 몇 시니?What Time Is It There?〉(타이완)이다.

올해 홍콩영화제는 몇 가지 변화를 꾀하고 있는데, 우선 주최가 홍콩 시정국에서 지난 2000년에 레저문화사무처Leisure and Cultural Services Department로 바뀌었다가 올해부터는 다시 홍콩예술발전국으로 바뀌었으며, 섹션도 조정을 단행하였다. 가장 눈길을 끄는 변화는 그동안 홍콩영화제의 간판 프로그램이었던 '아시안 비전'을 '글로벌 이미지'와 합쳐 '글로벌 비전'으로 만들었다는 점이다. 홍콩영화제가 중국의 5세대 영화를 가장 먼저 소개하는 등, 아시아영화의 해외 진출에 가장 중심적인 역할을 해왔기 때문에 이러한 변화는 다소 의외로 받아들여지고 있다.

한국 작품은 정재은Jeong Jae-eun 감독의 〈고양이를 부탁해Take Care of My Cat〉와 이진우Lee Jin-woo 감독의 단편영화 〈갓

개막작1
톰 티크베어 감독의
<천국>

개막작2
프룻 챈 감독의
<할리우드 홍콩>

정재은 감독의
<고양이를 부탁해>

기덕 감독의 〈수취인불명〉이 '글로벌 비전' 부문에 각각 초청
되었다.

　　'갈라 프레젠테이션 Gala Presentation'에는 이와이 슌지의
〈릴리 슈슈의 모든 것 All About Lily Chou-Chou 〉(일본)을 포함한 14
편이, '마스터 클래스'에는 압바스 키아로스타미의 〈ABC 아프
리카〉(이란)를 포함한 10편이 초청되었으며, 회고전은 홍콩의
여성감독 허안화 회고전과 체코의 애니메이션 감독 얀 슈반크
마이에르 Jan Svankmajer 회고전이 열린다. 또한 일본 오사카의 독
립영화 제작 붐을 조명하는 '플래닛 오사카 Planet Osaka', 전쟁을
소재로 한 작품들의 모음 상영인 '전쟁의 그림자 In the Shadow of
War', 심야 상영인 '한밤의 열기 Fever of the midnight', 오페라 작품을
영화로 옮긴 작품을 모은 '오페라, 영화를 만나다 Opera meets Film',
다큐멘터리 작품을 소개하는 '리얼리티 바이트 Reality Bites', 영화
인과 영화제작에 관한 작품을 모은 '필름메이커와 필름메이킹
Filmmakers and Filmmaking' 등 다양한 프로그램이 마련된다.

　　최신 홍콩영화를 집중적으로 소개하는 '홍콩파노라마
2001-2002'에는 량바이지엔 Patrick Leung 의 〈야수지동 Born Wild 〉,
구예도 Herman Yau 의 〈여왕에서 최고 지도자까지 From The Queen
To The Chief Executive 〉, 조니 토와 와카파이 Wai Ka Fai 의 〈풀 타임
킬러 Full-Time Killer 〉, 스탠리 콴의 〈란유〉, 쉬커 Hark Tsui 의 〈촉
산전 The Legend Of Zu 〉, 토마스 초우 Thomas Chow 의 〈메리 고 라운

드Merry Go Around 〉, 위안젠타오Yuen Toe 의 애니메이션 〈맥두 이 야기My Life As McDull 〉, 람와추엔Lam Wah Chuen 의 〈주화창Runaway Pistol 〉, 조니 토와 뤄융창Law Wing-cheong 의 〈암전 2Running Out Of Time 2 〉, 류전웨이Jeffrey Lau 의 〈무한부활Second Time Around 〉, 저 우싱츠Stephen Chow 의 〈소림축구Shaolin Soccer 〉, 펑하오샹Pang Ho-cheung 의 〈너는 찍고 나는 쏘고You Shoot, I Shoot 〉 등 모두 12편이 소개된다.

올해 홍콩영화제는 새로운 마켓 스크리닝을 시작한다. 명칭은 '홍콩아시아스크리닝Hong Kong - Asia Screenings'. 주최는 홍콩영화제와 홍콩영화업협회Hong Kong Motion Picture Industry Association 이며, 4월 2일부터 4일까지 사흘간 열린다. 약 20여 편의 아시아의 신작을 소개하는 이번 마켓 스크리닝에는 골든 하베스트나 미디어 아시아와 같은 홍콩의 메이저 회사와 CJ 엔터테인먼트, 강제규필름KangJeGyu Films 등과 같은 한국회사를 포함, 15개국에서 배급사, 수입사 등이 참가한다. 현재까지 마켓 스크리닝에서의 상영이 확정된 작품은 소리 후미히코Sori Fumihiko 의 〈핑퐁Ping Pong 〉(일본), 장초치Chang Tso-chi 의 〈아름다운 시절The Best Of Times 〉(타이완), 프룻 챈의 〈화장실 어디에요?Public Toilet 〉(한국/홍콩), 옥사이드 팽의 〈방콕의 유령Bangkok Haunted 〉(태국), 에릭 쿠의 〈원 레그 킥킹One Leg Kicking 〉(싱가포르), 이치가와 곤Ichikawa Kon 의 〈어머니Big Mama 〉(일본), 잭 네오Jack Neo 의 〈난바보가 아냐I Not Stupid 〉(싱가포르) 등이다.

205

　　행사 주체를 바꾸고, 일부 프로그램까지 개편하며 새로운 출발을 다짐했던 제26회 홍콩영화제가 시작부터 어두운 분위기를 맞고 있다. 몇 편의 중국 본토영화와 홍콩영화 한 편이 상영 취소되었기 때문이다. 본토작품은 닝잉Ning Ying의 〈희망의 철길Railroad of Hope〉과 장양Zhang Yang의 〈지난 날Quitting〉, 그리고 리신Lee Xin의 〈화안Dazzling〉이 상영이 철회되었고, 홍콩작품은 쉬커의 〈촉산전〉이 취소되었다. 이유는 중국 정부의 취소 압력 때문이다. 근자에 들어 거의 매년 이러한 중국 정부의 구태가 반복되고 있는데, 특히 올해는 홍콩작품까지 시비를 걸고넘어져 그 배경에 이곳 영화인들이 촉각을 곤두세우고 있다. 한편, 송일곤Song Il-gon 감독의 〈꽃섬Flower Island〉도 상영이 취소되었는데, 이유는 배급을 맡고 있는 프랑스의 와일드번치Wild Bunch가 약속을 어기고 프린트를 보내지 않았기 때문인 것으로 알려졌다.

　　개막식은 늘 그랬던 것처럼 홍콩문화센터의 리셉션장에서 개막작 감독과 배우를 소개하고 집행위원장의 인사로 마무리 짓는 간단한 내용으로 진행되었다. 올해 개막작인 프룻 챈의 〈할리우드 홍콩〉의 주연인 뚱보 3부자와 여주인공 역의 저우쉰Zhou Xun, 그리고 프룻 챈은 이곳 언론으로부터 집중적인 카메라 세례를 받았다. 게스트를 맞는 스태프 중에는 2년 전 홍콩영화제를 떠났다가 올해 다시 복귀한 제이컵 윙, 그리고 2년 전 부산국제영화제의 PPP를 본떠 만들었던 홍콩-아시안 필름 파이낸싱 포럼의 실패를 딛고 올해 새로 홍콩아시아스크리닝을 출범시키는 우터 바렌드렉의 모습도 보였다. 올해부터 홍콩영화제는 제이컵 윙과 프레디 윙의 2인 프로그래머 체제로 프로그래밍을 꾸리고 있는데, 예산상 스태프 충원이 쉽지 않았는지 두 프로그래머가 게스트들의 배지 배포를 직접 하고 있었다.

[제26회 홍콩영화제 소식 제3신] 눈에 띄는 신인 감독 펑하오샹의 〈너는 찍고 나는 쏘고〉

국제영화제에서는 개최 지역 영화의 수준도 주요한 성공 요인으로 작용한다. 이를테면, 80년대의 홍콩영화제는 중국, 홍콩, 타이완영화의 눈부신 성장에 힘입어 권위를 쌓을 수 있었다. 그러나 안타깝게도 최근 중화권 영화는 80년대의 영화에 미치지 못하고 있다. 올해 홍콩파노라마에 소개된 작품들의 면면을 보더라도 대부분이 킬러 영화여서 다양성의 측면에서도 많이 부족하다는 평가를 받고 있다.

그런데 킬러 영화의 포맷을 갖고 있으면서도 현대 홍콩과 홍콩영화계를 신랄하게 풍자하고 있는 작품이 있어 눈길을 끈다. 펑하오샹의 데뷔작 〈너는 찍고 나는 쏘고〉가 바로 그것

207

펑하오상 감독의 <너는 찍고 나는 쏘고>

이다. 내용은 점차 고객을 잃어가는 킬러가 살해 현장을 비디오에 담아 의뢰인에게 보내면서 일어나는 에피소드를 담고 있는데 영화 곳곳에는 홍콩영화를 풍자하는 장면들이 담겨 있다. 주인공 킬러가 자신이 암살 대상자를 살해하는 장면을 찍기 위해 별 볼 일 없는 영화 조감독을 기용하여 첫 업무를 완수하지만, 조감독은 자신의 얼굴이 거울에 반사된 장면이 찍혔기 때문에 편집해야 한다고 우긴다. 이내 조감독은 킬러와 함께 집으로 가서 편집을 한다. 생각보다 시간이 꽤 걸리자 킬러는 대충하라고 조감독에게 윽박을 지른다. 이때 조감독은 "그래서 홍콩영화가 형편없다는 소리를 듣는 거예요"라고 대꾸한다. 이 촌철살인의 대사는 관객들로 하여금 공감과 함께 웃음을 자아낸다. 아류작 양산이 보편화된 홍콩영화를 조롱하는 장면은 이 밖에도 더 있다. 주인공 킬러와 조감독 콤비가 살인 장면을 비디오로 찍어 보내주는 서비스로 대성공을 거두자 그들을 똑같이 흉내 내는 킬러도 등장하는 것이다. 그리고 한 일당이 20명의 암살을 의뢰하면 한 명은 공짜로 죽여준다며 고객을 유인하는 대목에 이르러서는 관객은 거의 기절할 정도가 된다. 웃음과 킬러의 냉철한 세계 등과 같은 홍콩영화의 전형을 고스란히 인용하면서도 신랄한 풍자를 이끌어내는 펑하오샹의 영화적 재능은 주목할 만하다.

반면에 점차 원숙미를 더해가는 중견 감독 허안화의 신작 〈남인사십 July Rhapsody〉은 올해 최고의 홍콩영화의 성과로 기록될 것이다. 최근 들어 허안화는 부쩍 중국인의 정서, 또는 정체성에 깊은 관심을 보이고 있다. 1995년에 〈여인사십 Woman, Forty〉을 통해 중년의 중국 여성에 관한 이야기를 담아냈던 허안화가 이번에는 중년의 중국 남성에 관한 이야기를 하고 있다. 아내의 과거와 자신을 유혹하는 제자 사이에서 갈등하는 고교 교사의 이야기를 담고 있지만, 허안화는 모든 등장인물의 심적 저변에 흐르고 있는 중국인의 특질을 찬찬히 담아내고 있다. 영화 곳곳에 등장하는 양쯔강의 풍경들은 오랜 세월을 통해 중국인의 무의식 속에 도도히 흐르고 있는 '중국인다움'의 상징으로 활용되고 있다. 자신의 스승이면서 아내의 연인이었던, 그러나 이제는 병들어 죽어가는 상대를 넓은 마음으로 포용하는 주인공의 모습은 어쩌면 이상적인 중국인 상일 수도 있겠으나 허안화는 그러한 과정을 차분하고 설득력 있게 풀어나간다. 이제 허안화는 서서히 거장의 반열에 올라서고 있는 듯하다.

209

오는 4월 2일부터 4일까지 열리는 홍콩아시아스크리닝 (이하 'HAS')의 상영 작품이 확정되었다. 홍콩영화제가 홍콩영화 업협회와 함께 개최하는 인더스트리 스크리닝 Industry Screening 인 HAS는 UA 왐포아 극장 UA Whampoa Cinema 과 홍콩우주박물관 Hong Kong Space Museum, 홍콩과학박물관 Hong Kong Science Museum 극장에서 초청작을 상영하며, 20편이 각 1회씩 상영될 예정이다. 초청작 리스트에는 전윤수 Jeon Yun-su 감독의 〈베사메무쵸 Besa Me Mucho 〉 가 포함되어 있으며, 프룻 챈의 〈화장실 어디에요?〉는 완성판 이 아닌 40분짜리로 상영될 예정이다. 홍콩 작품은 〈할리우드 홍콩〉 외에도 허안화의 〈남인사십〉과 장귀룽 Leslie Cheung 주 연의 〈이도공간 Inner Senses 〉(감독 뤄즈량 Law Chi Leung), 빈센트 츄 Vincent Choi 의 〈슬픔을 안고 떠나다 Leaving In Sorrow 〉 등이 상영되 며, 태국작품도 타니트 지트나쿤 Tanit Jitnukul 의 〈방라잔 Bangrajan 〉, 옥사이드 팽의 〈방콕의 유령〉, 유틀럿 시파팍 Yuthlert Sippapak 의 〈킬러 타투 Killer Tattoo 〉 등 4편이 상영된다. 일본영화는 이치가 와 곤의 〈어머니〉와 소리 후미히코의 〈펑퐁〉, 애니메이션 〈기동경찰 패트레이버 3-폐기물 13호 WXIII: Patlabor The Movie 3 〉 등 4편이, 싱가포르영화는 에릭 쿠의 〈원 레그 킥킹〉과 잭 네 오의 〈난 바보가 아냐〉가, 타이완영화는 장초치의 〈아름다운 시절〉이 상영될 예정이다.

애초 HAS 측은 영화제 상영작과는 별개로 미개봉작 중심으로 상영작을 선정하겠다고 발표하였으나, 14편이 기 개봉작이거나 영화제 상영작이어서 HAS가 아직 산업계로부터 커다란 관심을 불러일으키지 못하고 있는 것으로 보인다.

[제26회 홍콩영화제 소식 제5신] 홍콩인을 사로잡은 애니메이션 〈맥두 이야기〉

이번 홍콩영화제의 홍콩파노라마에서 가장 눈에 띄는 작품은 애니메이션 〈맥두 이야기〉이다. 지난해 연말에 개봉되어 흥행 성적도 좋던 〈맥두 이야기〉는 가장 홍콩적인 애니메이션이라 볼 수 있는 작품이다. 사실 홍콩에서 장편 애니메이션은 거의 만들어지지 않는다. 그럼에도 불구하고 〈맥두 이야기〉가 홍콩인들의 사랑을 받았던 것은 원작이 유명한 만화인 때문이기도 하지만 주인공 맥덜의 캐릭터가 홍콩인들로 하여금 친밀감을 느끼게 하기 때문이다. 맥덜은 꼬마 돼지의 이름이다. 엄마 돼지가 저우룬파 닮은 아이를 낳게 해달라고 기원했지만, 하느님은 그러한 기원을 매정하게 뿌리치고(?) 못생긴 점박이 돼지를 내려 주셨으니 그 돼지가 바로 맥덜인 것이다. 감독인 위안젠타오가 밝혔듯이 맥덜은 홍콩 사회에서 별 볼 일 없는, 혹은 지극히 평범한 서민을 상징하는 캐릭터이다. 홍콩 관

위안젠타오 감독의 <맥두이야기>

객들은 좌충우돌하는 맥덜의 모습에 즐거워하면서도, 전혀 이뤄지지 않을 것 같지 않은 꿈을 위해 노력하는 맥덜의 모습에 더 친밀감을 느끼는 것이다.

　　사실 <맥두 이야기>는 타깃 관객이 다소 애매한 작품이다. 유치원에서 좌충우돌하는 맥덜의 모습은 어린이 관객이 좋아할 만한 요소이기는 하지만, 피크트램(산 정상으로 올라가는 전차)을 타고서는 비행기를 타고 해외여행을 간다고 맥덜을 속이는 엄마의 모습은 홍콩의 보편적인 서민의 모습을 희화화한 것이다. 결국 노소를 불문하고 <맥두 이야기>가 관객의 사랑을 받았던 것은 홍콩인의 정서를 충실히 대변한 때문인 것으로 보인다. 감독인 위안젠타오에 따르면 여러 회사가 속편을 만들자는 제안을 해오고 있다고 한다. 어쩌면 홍콩 애니메이션 사상 처음으로 극장용 시리즈 애니메이션이 만들어질지도 모를 일이다.

　　이번 홍콩영화제의 '독립시대: 새로운 아시아의 영화와 비디오'에 초청된 작품들은 비록 초청작의 지역적 범위가 동북아에 국한되어 있다는 아쉬움은 있지만 아시아의 젊은 독립영화 감독들의 의식과 경향을 엿볼 수 있는 소중한 기회를 제공한다. 젊은 세대의 갈등과 좌절, 그리고 모순으로 가득 찬 사회 현실(체제와 관계없이 공통적으로 드러나는 문제들)을 신랄하게 꼬집고 있다는 점에서 이들의 작품은 매우 유사하다.

　　지난해 칸영화제 초청작이었던 왕차오Wang Chao의 〈안양의 고아The Orphan Of Anyang〉(중국)나 부산국제영화제 초청작이었던 주웬Zhu Wen의 〈해선Seafood〉(중국) 등은 이제는 베이징에서도 흔히 볼 수 있는 술집 접대부나 매춘부의 실상을 가감 없이 드러내고 있으며, 앤드루 쳉Andrew Cheng의 〈상하이 패닉Shanhai Panic〉(중국)이나 잉웨이웨이英未未의 〈박스The Box〉(중국), 도요다 도시아키Toyoda Toshiaki의 〈우울한 청춘Blue Spring〉(일본, 제6회 부산국제영화제 초청작)처럼 급변하는 사회현실 속에서 자기중심을 잡지 못하고 우왕좌왕하는 젊은이들의 모습을 진솔하게 그리는 작품도 있다. 소외된 젊은이들의 자화상 같은 작품은 오쿠하라 히로시Okuhara Hiroshi의 〈파도Wave〉(일본), 정재은 감독의 〈고양이를 부탁해〉(한국)가 있으며, 격변하는 역사의 흐름(천안문 사태나 홍콩의 중국 반환)에 휩쓸려 버린 젊은이들의 모습을 담은 에밀리 탕Emily Tang의 〈동사 변형Conjugaison 〉(중국, 6회 부산국제영화제 초청작)이나 빈센트 츄의 〈슬픔을 안고 떠나다〉(홍콩)도 있다.

아시아의 젊은이들의 게이/레즈비언문화도 이제는 자연스럽다. 〈박스〉나 야우칭Yau Ching의 〈홍콩을 사랑합시다 Let's Love Hong Kong 〉(홍콩)가 그러한 예이다.

그런가 하면 중국작품의 경우 경제 개발의 그늘인 실직자나 노숙자 문제를 다룬 작품도 눈여겨볼 만하다. 〈안양의 고아〉가 그러하며, 철길 옆 노숙자들의 처참한 삶을 다룬 다큐멘터리 두하이빈Du Haibin의 〈철길 따라Along The Railway 〉나, 류하오Lui Hao의 〈첸모와 메이팅Chen Mo And Meiting 〉도 있다. 지난 2월에 있었던 베를린영화제의 영 포럼도 이러한 최근 중국의 독립영화에 주목하고 '포커스 차이나'란 특별 프로그램을 개최했었다. '포커스 차이나'에는 〈해선〉, 〈상하이 패닉〉, 〈박스〉, 〈철길 따라〉, 〈생선과 코끼리Fish and Elephant 〉 등 10편이 소개된 바 있다.

이들 작품 대부분은 저예산 영화이며, 대다수가 디지털 영화이다. 최근 아시아의 독립영화는 이처럼 거칠기는 하지만 사회 현실과 역사를 진지하게 들여다보려는 흐름이 있어 매우 긍정적으로 평가할 만하다.

[제26회 홍콩영화제 소식 제7신] 피프레시상의 주인공은 〈맥두 이야기〉

　　오늘(4월 2일) 저녁 7시, 메인 베뉴인 홍콩문화센터에서는 피프레시상 시상식이 있었다. 20편의 후보작 가운데 수상작은 의외로 위안젠타오의 애니메이션 〈맥두 이야기〉(홍콩)로 선정되었다. 심사 위원단은 수상작 발표에 앞서 강력한 수상작 후보 3편에 대해 언급하였는데, 정재은 감독의 〈고양이를 부탁해〉와 홍홍Hung Hung 의 〈인간희극The Human Comedy〉(타이완), 그리고 에밀리 탕의 〈동사변형〉(중국)이 그 작품들이다. 비경쟁 영화제인 홍콩영화제에서 피프레시상은 유일한 시상 분야이다. 한편, 시상식이 끝난 뒤 메인 호텔인 하버 플라자 호텔에서는 HAS의 개막 리셉션을 겸한 축하 리셉션이 열렸다.

[제26회 홍콩영화제 소식 제8신] 중국의 '정신' 상실을 질문하는 루추안의 〈사라진 총〉

　　어제(4월 2일) 시작된 HAS에서 단연 주목받은 작품은 예상대로 장초치의 〈아름다운 시절〉이었다. 게스트들 대부분이 올해 최고의 타이완영화라는 데 의견 일치를 보았으며, 칸의 선택에 대해 궁금해했다. 〈아름다운 시절〉은 지난 베를린영화제에 초청을 받았으나, 마지막에 초청을 거절했었고 현재 칸의

215

결정을 기다리고 있는 중이다. 제1회 부산국제영화제의 뉴 커
런츠 부문에 데뷔작 〈아청 Ah-Chung 〉이 초청된 바 있는 장초치
의 〈아름다운 시절〉은 지난해에 부산국제영화제의 유력한 폐
막작 후보로 얘기가 진행되었었으나, 완성 시기가 늦어지는 바
람에 올해로 초청을 늦춘 바 있다.

또 다른 관심의 대상은 프룻 챈의 〈화장실 어디에요?〉
였다. 40분 분량의 러시를 선보이겠다던 애초의 발표와는 달리
20분 분량만 선보였지만, 관심을 끌기에는 충분하였다. 한국과
중국, 미국, 이탈리아 등지의 공중화장실을 무대로 삶과 죽음을
이야기하려는 그의 시도가 충분히 전달되었기 때문이다.

홍콩은 아직 아시아 영화산업의 중심지 역할을 톡톡히
해내고 있다. 많은 세일즈 에이전시나 서구의 메이저 제작사들
의 지사가 홍콩에 근거지를 두고 있기 때문이다. 그중 대표적인
곳이 '컬럼비아 트라이스타 아시아'이다. 최근 컬럼비아 트라이
스타 아시아는 5편의 중화권 영화에 투자를 하였으며, 일부는
완성이 되었고 또 일부는 현재 개봉을 기다리고 있다. 미개봉작
중 중국의 신인 루추안Lu Chuan의 데뷔작 〈사라진 총The Missing
Gun 〉의 프라이빗 스크리닝이 오늘(4월 3일) 토론토영화제와 부
산국제영화제 관계자를 대상으로 열렸다. 컬럼비아 트라이스
타 아시아가 가장 적은 돈을 투자한 작품인 〈사라진 총〉은 아
마도 '올해의 발견'으로 기록될 듯하다. 내용은 중국의 한 시골
마을의 경찰 마샨Ma Shan이 총을 잃어버린 뒤 그 총을 찾아 나서

루추안 감독의 <사라진 총>

면서 겪게 되는 여러 가지 이야기들을 담고 있다. 루추안은 동
년배의 젊은 영화인들이 소위 '지하영화'에서 그리는 중국의 모
습에 대해 반감을 가지고 있다. 그것은 해외 영화제용이라는 의
심을 하고 있는 것이다. 루추안이 생각하는 현대 중국의 문제는
가난이나 무지, 불결함 따위가 아니라 '정신의 상실'이다. 주인
공 마샨이 잃어버린 총을 찾아 나서면서 갑자기 자신의 주위가
낯설어 보이는 경험을 하게 되는데, 루추안은 그러한 마샨의 모
습을 통하여 현대의 중국인들이 '근대화'의 함정에 빠져 '정신'
을 잃어버리고 있으며 그것을 깨닫는 순간 이미 돌이키기에는
너무나 늦어버렸다는 이야기를 하고 있다. 마지막 순간에는 총
을 훔친 범인이 밝혀지지만 범인의 존재는 이 영화의 절대적인
요소가 아니다. 스릴러 형식은 하나의 장치일 뿐이며, 루추안은
마샨이 총을 찾는 과정을 통하여 현대 중국인의 정체성에 진지
217 한 질문을 던지고 있는 것이다. 이 작품은 비록 컬럼비아 트라

이스타 아시아가 투자와 배급을 하고 있지만, 제작 과정은 오히려 독립영화에 가깝다. 베이징영화학교 출신의 루추안은 이미 수년 전부터 이 작품의 시나리오를 갖고 있었지만 투자자를 구하지 못했었고, 우연히 중국의 대표적인 배우 겸 감독 지앙웬이 시나리오를 읽고 배우로 참여하면서 제작이 진전되었다. 촬영도 단 39일에 불과하였으며, 스태프도 대부분 베이징영화학교 동문들이었다. 이 작품은 현재 칸영화제에 출품 신청을 한 상태이다.

[핫영화소식]

[제15회 싱가포르영화제 소식 제1신] **동남아영화의 게이트로서의 싱가포르**
영화제

제15회 싱가포르영화제가 어제(4월 11일) 막을 올려 오는 27일까지 계속된다. 싱가포르영화제는 상영 편수로만 보면 세계에서 가장 규모가 큰 영화제에 속한다. 올해의 경우 무려 390여 편이 상영될 예정이다. 하지만 많은 편수에 비해 상대적으로 주목을 덜 받는 이유는 세계의 이목을 끌 만한 싱가포르영화나 감독을 아직 배출하지 못하고 있다는 점, 평일 낮 상영이 없을 정도로 관객층이 두텁지 못하다는 점등을 들 수 있다. 하지만 싱가포르영화제는 나름의 색깔을 분명히 지니고 있다. 싱가포르영화제의 가장 큰 강점은 바로 동남아지역 영화의 쇼케이스로서의 기능을 훌륭히 해내고 있다는 점이다. 인도네시아, 말레이시아, 베트남, 필리핀, 태국 등과 같은 동남아 지역의 영화들은 언제나 싱가포르영화제가 공을 들여 소개하고 있다. 올해도 예외는 아니어서 다양한 동남아영화를 소개하는 한편, 50~60년대 태국의 대표적인 독립영화작가였던 라타나 페스톤지_{Ratana Pestonji}를 재조명하는 특별전을 갖는다. 이런 성격의 특별전은 싱가포르영화제만이 할 수 있는 프로그램이라 할 수 있다.

219 올해 개막작은 모흐센 마흐말바프의 〈칸다하르〉와

라타나 페스톤지
© Curtis Winston

싱가포르의 단편영화 샌디 탄Sandi Tan의 〈미식가 아이Gourmet Baby〉이며, 폐막작은 차이밍량의 〈거긴 지금 몇 시니?〉이다. 싱가포르영화제의 기본 성격은 비경쟁 영화제이지만 아시아영화를 지원하기 위한 경쟁부문인 실버스크린상이 있다. 올해 실버스크린상 후보에는 박기용Park Ki-yong 감독의 〈낙타(들)Camels〉을 포함 모두 14편이 초청되었다. 실버스크린상의 부문상 가운데 피프레시상과 넷팩상 공동심사 위원 위원장에 김동호 부산국제영화제 집행위원장이 위촉되어 싱가포르영화제를 찾는다. 싱가포르영화제는 또한 아시아의 디지털영화를 대상으로 아시안디지털영화상Asian Digital Film Awards을 시상하고 있는데, 올해 이 부문에는 박진우Park Jin-woo 외 5명이 공동연출한 단편 애니메이션 〈초대Invitation〉가 진출해 있다.

한편, 올해 싱가포르영화제의 회고전은 라타나 페스톤지 회고전 외에도 일본의 애니메이터 '데즈카 오사무Tezuka

Osamu 회고전', '홍콩 애니메이션 특별전', '안시 애니메이션 영화제 수상작전', 체코의 애니메이션 작가 '얀 슈반크마이에르 회고전' 등이 마련된다.

한국영화는 위 작품들 외에 '아시아영화들' 부문에 김기덕 감독의 〈수취인불명〉과 허진호 감독의 〈봄날은 간다One Fine Spring Day 〉, 정재은 감독의 〈고양이를 부탁해〉, 임순례 감독의 〈와이키키 브라더스〉 등 4편의 장편과 전영찬Jeon Youong-chan 감독의 〈폴링Falling 〉, 유진희Yoo Jin-hee 감독의 〈언년이One Good Day 〉, 김동욱Kim Dong-ook 등 6명의 감독의 〈사선에서On the Edge of Death 〉, 정승희Jung Seung-hee 감독의 〈정글JUNGLE 〉, 이원선Lee Won-sun 감독의 〈엔젤 아이스Angel Eyes 〉 등 5편의 단편이 초청되었으며, '인터넷 프로그램' 부문에 전하목Jeon Ha-mok, 윤도익Yoon Do-ik 감독의 공동연출작 〈오토Auto 〉, 김은수Kim Eun-su 외 6명이 공동연출한 〈아빠하고 나하고Daddy and I 〉, 김혁범Kim Hyuk-bum 외 3명의 공동연출작 〈O'clock 〉, 황지영Hwang Ji-young 감독의 〈순환The cycle 〉 등의 단편이 초청되었다.

[제15회 싱가포르영화제 소식 제2신] 태국영화인들의 마음의 고향, 라타나 페스톤지

221　　　　이번 싱가포르영화제에서 가장 주목을 받고 있는 특별

전은 태국의 독립영화작가 라타나 페스톤지 회고전이다. 50년

대와 60년대의 전설적인 감독이었던 페스톤지는 오늘날에도 태국의 젊은 영화인들이 가장 흠모하는 감독 중 한 사람이다. 이를테면 올해 칸영화제의 감독주간에 신작 〈몬락 트랜지스터 Monrak Transistor〉가 초청되어 있는 펜엑 라타나루앙의 경우 자신의 영화 세계에 가장 큰 영향을 끼친 사람이 바로 페스톤지이며, 〈몬락 트랜지스터〉 역시 페스톤지의 대표작 〈어두운 하늘 Dark Heaven〉(1958)에서 영감을 얻었음을 밝힌 바 있다. 1908년생인 페스톤지는 가계가 이란 쪽이다. 그의 할아버지가 이란에서 태국으로 이주해 왔으며, 페스톤지 자신은 인도와 영국에서 학교를 다녔다. 사진작가로 출발한 다음 영화계에 들어와 단편영화를 만들기 시작한 그는 글래스고영화제 Glasgow Film Festival에서 작품상을 수상하는 등 명성을 날렸고, 이후 촬영감독으로 활동하다가 1957년에 〈시골 호텔 Country Hotel〉로 데뷔하였다. 시골의 한 조그만 호텔에 투숙하는 여러 군상들을 코믹하게 담아내고 있는 이 블랙 코미디는 이전까지의 태국영화에서는 전혀 볼 수 없었던 스타일과 내용을 선보였다. 그는 독립영화 감독임에도 불구하고, 태국영화의 기술을 한 걸음 앞서 발전시키는 선구자 역할을 했었다. 1953년에 이미 사운드 스튜디오를 건립했는가 하면, 동시녹음 영화나 컬러영화 모두가 그의 손을 거쳐 처음으로 시도되었다. 이번 회고전에서는 그의 대표작 세 편과 그가 촬영과 제작을 맡았었던 작품 한 편을 포함 모두 네

편을 선보이고 있다. 이 작품들은 그동안 프린트를 분실한 상태였으나, 몇 년 전 영국의 한 현상소에서 네가필름을 찾음으로써 복원이 되었다.

〈어두운 하늘〉은 태국의 첫 35mm 컬러 장편 극영화로 뮤지컬이다. 내용은 우리의 관점으로 보면 전형적인 신파조 영화이다. 추잇과 니아놉Choo

라타나 페스톤지 감독의 〈어두운 하늘〉

and Nien은 서로 사랑하는 사이인 가난한 연인이지만 추잇이 전장에 나감으로써 두 사람은 이별을 하게 되고, 그사이 니아놉은 백만장자의 양녀가 된다. 추잇은 전장터에서 시력을 잃게 되고, 집으로 돌아온 그는 니아놉의 소식을 듣게 된다. 페스톤지는 신파조의 이 내용을 놀랍도록 군더더기 없이 깔끔하게 풀어나간다. 특히 1958년도의 뮤지컬영화라고는 믿기지 않을 정도로(비록 연기가 다소 과장되어 있기는 하지만), 세련된 카메라워크를 선보이고 있다.

〈블랙 실크Black Silk〉(1961)는 스릴러 영화이다. 한 나이트클럽의 주인이, 자신과 부하에 의해 저질러진 무고한 사람의 살인 현장

라타나 페스톤지 감독의 〈블랙실크〉

223 을 목격한 부하의 아내를 부하와 떼놓기 위해 부하가 죽은 것처

럼 음모를 꾸미게 되고 그 아내는 비구니가 되어 버린다. 하지만 아내를 못 잊는 부하는 그녀를 찾아가 자신이 살아있음을 고백한다. 이 사실을 안 나이트클럽의 주인과 언쟁을 벌이던 부하는 주인을 살해하게 되고, 그도 결국 형장의 이슬로 사라진다. 1961년도 베를린영화제 경쟁부문 초청작인 〈블랙 실크〉는 태국판 필름 누아르의 전형을 보여준다. 물론 이러한 스타일의 작품은 이전까지 태국영화에서는 볼 수 없었던 것이었다. 페스톤지의 딸인 라타나바디 라타나반드Ratanavadi Ratanabhand가 주연으로 출연해 화제가 되기도 했던 이 작품은 오는 4월 21일부터 서울에서 막을 올리는 국제영상자료원연맹International Federation of Film Archives 총회 행사의 일환으로 개최되는 '아시아필름페스티벌'(서울/부산)에서 볼 수 있다.

페스톤지는 소위 주류 영화인이 아니었으면서도 태국영화 발전의 선구적 역할을 하였으며, 늘 도전적이고 실험적인 자세를 견지하였던 감독이다. 때문에 그는 지금도 많은 태국영화인들의 존경을 받고 있다. 그는 죽는 순간까지도 태국영화의 발전을 고민하였었는데, 1970년 8월 정부 측과 영화인과의 모임에 아픈 몸을 이끌고 참석하여 정부의 역할에 대해 열변을 토하다가 심장마비로 타계하였다.

싱가포르영화제의 강점은 전기한 것처럼 동남아영화의 소개에 있다. 올해도 예외 없이 많은 편수의 동남아영화가 소개되고 있는데, 특히 디지털영화가 다수 초청되었으며 그중에 주목할 만한 작품 몇 편이 있다.

먼저, 리리 리자Riri Riza의 〈엘리아나 엘리아나Eliana Eliana〉(인도네시아)를 꼽을 수 있다. 리리 리자는 우리 영화 팬들과 한 번 만난 적이 있다. 제5회 부산국제영화제에서 그의 실질적인 데뷔작 〈셰리나의 모험Sherina's Adventure〉이 소개된 바 있기 때문이다. 〈셰리나의 모험〉은 2000년에 개봉하여 역대 인도네시아영화 흥행 1위를 차지하였던 작품이고, 제작자인 미라 레스마나Mira Lesmana와 리리 리자의 콤비가 영화의 주요 성공 요인으

리리 리자 감독의
〈엘리아나 엘리아나〉

225

로 주목을 끈 바 있다. 여성 제작자인 미라 레스마나는 〈세리나 **226** 의 모험〉의 대성공을 기반으로 디지털영화 프로젝트인 '아이 시 네마I-Cinema'의 제작을 시작하였고 그 첫 결과물이 바로 〈엘리아 나 엘리아나〉이다. 〈엘리아나 엘리아나〉는 모녀 관계를 다루 고 있는 작품이다. 남성감독인 리리 리자는 자신의 작품 두 편 모두에서 여성을 주인공으로 등장시키고 있다.

　　엘리아나Eliana는 고향 파당에서 어머니 밑에서 자라지 만, 어머니의 강제적인 정혼에 반발하여 자카르타로 올라와 혼 자 생활한다. 그녀는 같이 기거하는 언니 헤니Heni에게 정신적 으로 의존한다. 어느 날 어머니가 엘리아나를 찾아 자카르타로 올라오고, 엘리아나는 홀로 설 수 있음을 어머니에게 보여주기 위해 노력한다. 그러나 믿었던 언니 헤니가 남자 때문에 자신 을 떠나자 절망한다. 헤니를 찾아다니는 과정에서 두 모녀는 서 서히 서로를 이해하게 되고, 마침내 엘리아나를 고향으로 데려 가기 위해 자카르타로 올라왔던 어머니는 엘리아나에게 신뢰 를 보내게 된다. 리리 리자는 두 모녀가 서로를 이해하게 되는 과정을 '집착'을 버리는 과정으로 설명한다. 특히, 어머니가 '집 착'을 버림으로써 엘리아나는 한 사람의 독립된 인격체로 거듭 난다. 비록 남성감독의 시선이기는 하지만, 모녀 관계를 상당 히 설득력 있게 풀어나간 연출력이 돋보이는 수작이라 할 만한 작품이다. 확실히 인도네시아는 '가린 누그로호'라는 큰 나무의 그늘 아래, 능력 있는 제작자와 감독이 착실히 성장하고 있음을 보여주고 있다. 제작자 미라 레스마라, 감독 리리 리자, 난 아크 나스Nan Achnas(지난해 〈모래의 속삭임 Whispering Sands〉으로 부산국 제영화제 참가) 등은 모두가 가린 누그로호의 제자이면서 이제는 든든한 동료로 함께 커가고 있는 것이다.

말레이시아는 아직 뚜렷한 전망이 보이지 않는다. 그나마 주목할 만한 감독이었던 우웨이 하지사아리가 작품 활동을 못 하고 있으며, 몇몇 젊은 감독들이 초저예산의 디지털영화를 만들고 있지만, 아무래도 역량 면에서는 아직 부족한 점이 많기 때문이다. 이번 영화제에는 제임스 리James Lee의 디지털영화 〈저격수 Snipers〉가 초청되었다. 권총을 손에 쥐게 된 전문 킬러와 평범한 시민의 이야기를 담고 있는 이 작품은 여러모로 서툰 연출력과 엉성한 이야기 진행 방식으로 인해 아직은 멀었다는 느낌을 준다.

필리핀에서는 괴짜 감독의 작품 한 편이 초청되었다. 마이크 드 레온Mike De Leon의 〈3세계 영웅 Third World Hero〉이 바로 그것. 1947년생의 마이크 드 레온은 비교적 실험적인 작품을 만들어온 감독으로 많이 알려져 있는데 문제는 그가 극도로 노출을 꺼린다는 점이다. 그래서 그의 작품은 해외에서 소개가 잘 안 되고 있다. 이번에 초청된 〈3세계 영웅〉도 괴짜 감독답게 논쟁적인 소재를 제공하는 작품이다. 필리핀의 국민적인 독립 영웅인 호세 리살José Rizal의 생애를 다룬 이 작품은 그 전개 방

마이크 드 레온 감독의 <제3세계 영웅>

식이 매우 독특하다. 호세 리살에 관해서는 여태껏 수많은 전기와 영화, TV 드라마가 만들어졌지만 그의 생애에 대해 이의를 제기한 작품은 단 한 번도 없었다. 그런데 마이크 드 레온은 리살의 삶에 대해 정식으로 문제를 제기한다. 그는 흑백필름에 다큐멘터리 방식을 채용하고 있는데, 두 명의 영화감독이 리살의 생애를 다룬 작품을 만들기로 하고, 그의 삶을 추적해나가는 과정을 다루는 방식으로 이야기를 풀어나가고 있다. 구체적으로는 허구적 다큐멘터리 방식을 사용한다. 이를테면 리살의 아내로 기록에 남아 있는 조지핀 브래컨Josephine Bracken 이 사실은 리살과 정식으로 혼인한 관계가 아니었으며, 홍콩의 나이트클럽 댄서 출신이라는 증거를 들이대며 영화감독이 조지핀과 인터뷰를 한다(물론 그녀는 연기자이다). 마이크 드 레온은 이러한 독특한 방식을 통하여 리살이 필리핀 사회에 얼마나 광범위하게 영향을 미쳤는가를 고찰하고 있다.

현재 싱가포르 시중에서는 한 편의 싱가포르영화가 흥행 돌풍을 이어가고 있다. 잭 네오의 〈나는 바보가 아냐〉가 바로 그 작품이다. 역대 싱가포르영화의 최고 흥행 기록을 가지고 있는 〈돈이 전부는 아냐 Money No Enough〉의 감독인 잭 네오의 신작 〈나는 바보가 아냐〉는 현재까지 220만 싱가포르달러 흥행 수익을 올렸다.

[제15회 싱가포르영화제 소식 제4신]

때로 다큐멘터리는 '영화의 힘'을 강렬하게 느끼게 해준다. 최근 모흐센 마흐말바프가 그랬듯이 소외되고 은폐된 우리 주위의 세계에 대해 자그마하지만 반드시 필요한 메시지를 전달하는 것이다. 이번 영화제에 초청된 다큐멘터리 중에 이처럼 강렬한 메시지를 전달하는 작품이 있다. 린리 Lin Li의 〈350위안 아이들 Three-Five People〉(중국/호주)과 존 웹스터 John Webster의 〈그림자와 빛의 방 Rooms Of Shadow And Light〉(인도/핀란드)이 바로 그것이다. 사실 이 두 작품을 본다는 것은 매우 고통스러운 일이다. 이들 두 작품이 담아내고 있는 현실이 결코 외면해서도 안

229

되지만, 마주하기에는 너무나 처참하기 때문이다. 〈350위안 **230**
아이들〉은 중국 쓰촨성 청두의 시외버스 정류장에 진을 치고
있는 일단의 거리의 아이들을 다룬 작품이다. 그 아이들은 마약
중독자로, 길거리를 지나가는 행인의 귀고리를 잽싸게 훔쳐 팔
아서 마약값에 보태는 식이다. 당국은 아이들이 미성년자이기
때문에 뒷짐만 지고 있다. 린리는 1년여에 걸쳐 아이들의 뒤를
추적하였다. 이제 겨우 12~13살 된 아이들이 으슥한 폐허에서
마약을 주사하면서 점차 몽롱해져 가는 모습은 차마 눈 뜨고 보
기 힘든 장면이다. 린리는 다큐멘터리를 찍다가 아이들을 구하
기 위해 팔을 걷어붙이고 나선다. 그녀의 최종 목적은 아이들을
호주로 데려가서 치료를 받게 하는 것이었다. 그러나 마지막 순
간에 아이들의 부모가 비자 발급에 필요한 동의를 거부하는 바
람에 린리의 시도는 불발로 끝나고 만다. 마지막 장면에서는 여
자아이의 노래가 흘러나오는데, 그 노래는 다름 아닌 사형장에
끌려가는 마약 중독자의 노래였다. 경제 발전의 이면에 드리워
진 중국의 이 암담한 모습은 사실, 중국 본토 감독이었다면 만
들 수 없었을 것이며 해외 영화제에 나오기도 힘들었을 것이다.
린리는 호주 국적을 가지고 있었기 때문에 이 작품을 완성할 수
있었다. 하지만 제작 과정에서 그녀가 겪었을 어려움은 짐작하
고도 남는다.

　　〈그림자와 빛의 방〉은 인도 뭄바이(구 봄베이)의 매춘
가를 담고 있는 작품이다. 이곳 역시 수많은 가슴 아픈 사연과

마주하기 힘든 현실이 있다. 성전환을 꿈꾸는 의상 도착자가 있는가 하면, 나이가 들어서도 매춘을 할 수밖에 없는 매춘부의 이야기도 있다. 하지만 가장 충격적인 장면은 아동 매춘에 관한 것이다. 갓 10살을 넘긴 아이들이 생계를 위해 매춘가로 들어오는 것이다. 그리고 이곳의 포주는 아이들을 그냥 두면 굶어 죽을 것을 알기 때문에 매춘을 알선하기도 한다. 상상이 가는가. 11살 된 어린 여자아이가 3살 된 동생을 안고 매춘을 하기 위해 기다리고 있는 모습을. 존 웹스터는 이러한 현실을 눈 하나 까딱하지 않고 너무도 담담하게 카메라에 담아내고 있다. 오히려 그의 침착함이 되레 관객의 정서를 더 자극하는지도 모르겠다. 물론 그들을 돕는 사람들도 있다. 이동 진료소나 사회봉사단체 사람들이 그들이다. 하지만 그들이 구체적으로 할 수 있는 것은 별로 없다. 매춘가의 사람들은 자신들을 인간적으로 대해준다는 것에 대해 감사해할 뿐이다. 참, 세상이란 얼마나 부조리한가. 존 웹스터가 이 작품의 제목을 굳이 〈그림자와 빛의 방〉이라 붙인 이유는 충분히 이해가 가지만, '빛'은 단지 그의 바람일 뿐이라는 느낌을 지울 수가 없었다. 그러나 린리나 존 웹스터의 외침은 우리가 반드시 기억해야 할 것이다. 그리고 그것은 영화제가 반드시 존재해야 하는 이유 중 하나이기도 하다.

231

칸
영화제
2002.05.15
~2002.05.26

[국제신문 2002년 5월 23일 자 기고] PIFF 프로그래머 김지석 씨 칸영화제
참관기

232

이제 제55회 칸영화제도 종반을 향해 달려가고 있다.

올해는 예년에 비해 덥지 않은 날씨 덕에 참가자들이 더 활기차 보이는 듯하다. 칸은 예년과 별 다름없이 올해도 거장들의 신작을 대거 경쟁부문에 올려 뤼미에르 대극장의 붉은 계단을 매일매일 거장들의 발길로 채웠다. 하지만 눈길을 조금만 다른 곳으로 돌려보면 칸영화제가 세계 영화의 흐름에도 민감하게 반응하고 있음을 알 수 있다.

이를테면 비경쟁부문인 '주목할 만한 시선'의 경우 대부분의 초청작을 낯선 감독과 나라의 작품으로 채웠으며, 디지털 영화에도 대폭 문호를 개방하였다. 하지만 참가자들에게 가장 반가운 것은 칸이 해외 게스트들에 대한 배려를 점차 늘려가고 있다는 점이다. 불과 3, 4년 전만 해도 영어자막이 제공되지 않아 프랑스 사람이 아니면 영화 보기도 힘든 곳이라는 이유 있는 불평이 자자한 곳이 바로 칸이었다. 그런데 이제는 100% 영어자막을 삽입하고 있어 그런 불평이 사라졌다.

칸영화제의 힘은 '거장들의 잔치'에만 있는 것은 아니다. 마켓이야말로 칸이 세계 최고 권위의 영화제라는 평가를 받게 하는 가장 중요한 부문이다. 전 세계에서 7천여 명의 인원이 마켓 참가자로서 칸을 찾으며, 2천 편 이상의 작품이 칸 마켓을

2002 칸영화제 포스터 |

233

통해 거래된다. 이 정도면 해외에 수출될 만한 수준의 작품은 거의 다 칸에 모인다고 해도 과언이 아니다. 29개의 극장에서 1천 4백여 편의 작품이 상영되며, '리비에라'라고 하는 이름의 마켓 공간은 몇 년 전 칸 마켓의 기능을 더욱 활성화시키기 위해 7천㎡의 신축건물 내에 전시공간과 8개의 극장을 넣어 조성한 곳이다. 칸영화제 기간 동안 이 '리비에라'는 그야말로 전 세계 영화산업의 임시본부가 되는 셈이다.

최근 칸 마켓에서 두드러진 경향 중의 하나는 아시아영화의 약진이다. 아시아영화를 주로 세일즈하는 포르티시모나 골든 네트워크 등은 이미 세계적으로 주요한 세일즈 회사로 성장하였으며, 한국은 이제 자체적으로 세일즈를 할 만큼 성장하였다.

아시아권에서 자국 작품의 세일즈를 제일 잘하는 국가가 바로 한국이다. 이번 마켓에서도 시네마 서비스, CJ엔터테인먼트, 시네클릭 아시아, 이 픽쳐스E Pictures, 미로비젼Mirovision Inc. 등 5개 회사가 부스를 차려 세일즈를 하였으며, 일부 회사는 해외 작품의 세일즈를 시작하기도 하였다. 반면에 일본이나 중국, 홍콩, 인도 등은 아직 한국만큼 활발한 움직임을 보여주지 못하고 있다(홍콩은 아예 홍콩 정부 당국이 예산을 들여 대규모 부스를 설치하여 세일즈를 하고 있다. 그러나 판매 실적은 여의찮다). 이런 현상은 마켓 극장에서도 극명하게 나타난다. 한국 작품의 시사에 대한 바이어들의 참여도가 여타 아시아 국가에 비해 훨씬 높은 것이다.

그런가 하면 지난 20일에 있었던 '한국영화의 밤' 리셉션장에는 모리츠 데 하델른Moritz de Hadeln 베니스영화제 집행위원장, 미셸 시망Michelle Siman 국제영화평론가협회장, 울리히 그레고어 전 베를린영화제 포럼 운영위원장, 사이먼 필드Simon Field 로테르담영화제 집행위원장, 중국 영화배우 궁리Gong Li, 올해 칸영화제 심사 위원인 인도네시아 여배우 크리스틴 하킴 등 그야말로 거물급 인사들이 대거 참석, 한국영화에 대한 해외 영화계의 관심도를 짐작할 수 있었다.

그러나 일부 아시아 국가에서도 이제 서서히 칸 마켓 참여를 늘려가고 있다. 지난해 1개 부스만 설치하였던 인도는 올해 4개 회사가 참여하여 부스를 차렸으며, 태국도 사상 처음으로 GMT라고 하는 제작사가 자체 부스를 차려 세일즈에 나섰다.

페스티벌과 마켓을 통틀어 올해 칸에서 아시아영화의 화두는 인도영화가 될 듯하다. 연간 1천 편 이상의 영화가 만들어지며, 할리우드영화가 맥을 못 추는 몇 안 되는 나라 중 하나인 인도는 서아시아 지역을 발판으로 유럽시장에도 점차 진출의 폭을 넓혀가고 있다.

올해 칸에서는 인도 상업영화의 대명사인 '발리우드영화'의 원조 격인 '라즈 카푸르Raj Kapoor 회고전'을 열고 있다. 그것은 단지 상업영화로만 일축해 왔던 발리우드영화의 독특한 형식과 세계시장에서의 가능성을 칸이 인정했기 때문이다. 지

235

난해에도 미라 네어의 〈몬순 웨딩〉이 베니스영화제 황금사자 상을 수상하였고, 〈라가안Lagaan〉이 세계 시장에서 대성공을 거두는 등 인도영화는 질과 양적 측면 모두 놀라운 성장세를 보여준 바 있다.

그런가 하면 비경쟁 공식 초청작 부문에는 또 한 편의 전형적인 발리우드영화 산제이 릴라 반살리Sanjay Leela Bhansali의 신작 〈데브다스Devdas〉가 초청되기도 하였다. 칸은 2년 전 〈와호장룡〉이 칸에서 보여주었던 대중적 인기를 〈데브다스〉가 재연해 낼 것으로 기대하고 있다. 이러한 인도영화의 붐을 반영하여 오는 7월에 열리는 또 하나의 중요 국제영화제인 로카르노영화제는 발리우드영화 30여 편을 소개하는 '인도영화 특별전'을 준비하고 있기도 하다.

사실 칸을 매년 찾으면서 그네들의 오만함에 인상을 찡그리기도 하고, 불편함에 짜증을 내기도 하지만 늘 부러운 것이 하나 있다. 그것은 다름 아닌 그네들의 '영화인에 대한 존경심'이다. 경쟁부문 작품이 상영되는 뤼미에르 대극장의 저녁 풍경은 온통 정장 일색이다. 남자들은 턱시도에 나비넥타이를 매야 하며, 여성들 역시 정장을 해야 한다. 그리고 영화가 시작되기 전 감독과 배우가 입장하면 관객들은 기립박수를 친다. 상영이 끝나면 역시 기립박수로 존경을 표현한다. 칸에서는 '영화인'만이 존경과 권위의 대상인 것이다. 관객들은 이를 위해 기꺼이 불편을 감수한다.

이것은 하나의 '올바른' 영화제 문화이다. 국내에서는 이제 겨우 부산국제영화제가 제7회를 맞을 만큼 영화제 문화의 연륜이 일천하다. 때문에 아직도 가끔은 영화인이 아닌 엉뚱한 분들이 영화제에서 존경받고 권위를 인정받고자 하는 일도 있다. 우리 영화제에서 영화인과 관객이 주인이라는 평범한 진리가 일상화되기까지는 아직 시간이 좀 필요할 듯하다.

아마도 칸영화제에 대한 많은 사람의 가장 큰 관심사는 〈취화선Chihwaseon〉과 〈죽어도 좋아Too Young To Die〉의 수상 여부일 것이다. 그러나 아직은 그 어떤 추측도 할 수 없다. 〈취화선〉의 상영은 마지막 날에 잡혀 있으며, 이곳 언론의 평점도 수상 여부와는 별 관계가 없는 경우가 허다하기 때문이다.

다만 심사 위원 중에 한국영화를 잘 아는 사람들이 있다는 점이, 2년 전에 〈춘향뎐〉이 처음 칸에 왔을 때보다는 다소 상황이 유리하다는 판단을 할 수 있을 정도이다. 메인 경쟁부문의 심사 위원 중 한 사람인 크리스틴 하킴은 지난 제4회 부산국제영화제 심사 위원장을 지낸 바 있으며, 안성기 씨와는 오구리 고헤이Oguri Kohei 감독의 〈잠자는 남자Sleeping Man〉에서 같이 작업했던 인연이 있다. 황금카메라상의 심사 위원인 인도의 무랄리 나이르는 데뷔작 〈사좌Throne Of Death〉로 부산국제영화제를 찾은 바 있다. 두 사람 다 한국영화를 잘 알며, 부산국제영화제와의 인연도 소중하게 생각하는 사람들이다. 그럼에도 불구

237

하고 과연 노장(임권택 감독)과 신인 감독(박진표Park Jin-pyo 감독)
이 칸의 수상자 명단에 이름을 올릴지 마음을 비우고 지켜볼 일
이다.

박진표 감독의 <죽어도 좋아>

임권택 감독의 <취화선>

[핫영화소식]

제55회 칸영화제 개막 이모저모

뤼미에르 대극장에서 드디어 제55회 칸영화제의 막이 올랐다. 프랑스 여배우 비르지니 르두아앵이 사회자로 등장한 어제 개막식은 심사 위원장 데이비드 린치 David Lynch를 소개하면서 시작되었다. 데이비드 린치는 각 심사 위원을 무대 위로 올려 소개하였으며, 맨 마지막으로 샤론 스톤 Sharon Stone이 소개되었다.

이어 조직위원장 질 자콥이 연출한 다큐멘터리 〈칸영화제 이야기 Histoires de festival〉의 상영이 개막작 상영에 앞서 소개되었다. 약 20여 분 정도의 이 다큐멘터리는 2부로 구성되어 있으며, 1부는 제25회 칸영화제의 시상식을 시작으로 유럽영화의 황금기와 칸영화제의 전성기를 회고하는 모습들을 보여주었다. 페데리코 펠리니, 오슨 웰스 Orson Welles, 앨프리드 히치콕 Alfred Hitchcock, 케리 그랜트 Cary Grant, 킴 노박 Kim Novak 등 그야말로 기라성 같은 스타 감독과 배우들의 과거의 모습이 계속 이어졌다. 2부는 펠리니와 구로사와 아키라 Kurosawa Akira, 그리고 지난해 부산국제영화제를 찾았던 잔 모로 Jeanne Moreau에 대한 오마주가 이어졌다. 특히, 잔 모로가 칸을 찾았을 때 관객들의 열광적인 반응은 매우 인상적이었다.

239

〈칸영화제 이야기〉의 상영이 끝난 뒤 그동안 일체 무대에 올라오지 않았던 질 자콥이 무대에 등단하여 인사를 하였으며, 이어 개막작 감독 우디 앨런Woody Allen을 소개하였다. 질 자콥은 앨런에게 감사패를 전달하였다. 뤼미에르 대극장을 가득 메운 관객들은 약 5분여 동안 열광적인 박수로 그를 환영해 주었다. 우디 앨런은 위트 넘치는 인사로 관객을 감동시켰다. 그는 "프랑스 사람들이 나에 대해 잘못 알고 있는 것이 두 가지 있다. 하나는 내가 지식인이라고 생각하는 것인데, 그것은 아마 내가 안경을 끼고 있기 때문에 그런 생각을 하는 것 같다. 또 하나는 내가 예술가라고 생각하고 있다는 것인데, 그것 역시 아마도 내 영화가 늘 흥행에 실패했기 때문에 그런 것 같다. (관객들 폭소) 나의 영화 세계는 프랑스영화의 지대한 영향을 받았는데, 특히 트뤼포François Truffaut, 고다르, 레네Alain Resnais 등의 영향이 컸다. 오늘 상영될 〈할리우드 엔딩Hollywood Ending〉은 그러한 프랑스영화에 대한 나의 애정과 추억이 담겨 있는 작품이다."라고 소감을 밝혀 열렬한 박수갈채를 받았다. 〈할리우드 엔딩〉의 상영을 시작으로 모든 개막식 행사는 막을 내렸다.

이날 개막식에는 김동호 위원장을 포함한 부산국제영화제 관계자들도 참석하였는데, 칸영화제 측은 디이터 코슬릭 Dieter Kossilck 베를린영화제 집행위원장에게 2층 자리를 배정한 데 반해, 김동호 위원장에 대해서는 1층 중앙석에 자리를 배정하는 배려를 아끼지 않았다.

티에리 프레모 득남

지난해 집행위원장으로 부임한 이래 올해 자신의 색깔을 작품 선정에 잘 반영했다는 평가를 받고 있는 티에리 프레모 Thierry Fremaux가 지난달 말 득남을 하여 영화제 개막에 참가한 많은 게스트들로부터 축하 인사를 받았다. 지난해 부임 이후 첫 참가 영화제로 부산국제영화제를 선택한 바 있었던 프레모는 오늘(5월 15일), 영화제 사무실을 방문한 김동호 부산국제영화제 집행위원장 일행(전양준, 김지석 프로그래머)을 직접 맞아 환영 인사를 하며, 양 영화제 간의 보다 긴밀한 협조 관계 유지를 약속하였다.

'황금카메라상' 후보에 오른 〈죽어도 좋아〉

공식 경쟁부문 외에 우리의 관심을 끄는 부문은 황금카메라상 부문이다. 비평가주간에 초청되어 있는 박진표 감독의 〈죽어도 좋아〉가 황금카메라상 후보에도 올라있기 때문이다. 25년 전 현 조직위원장 질 자콥에 의해 창설된 황금카메라상은 젊은 재능을 발굴하기 위해 만들어진 상으로, 공식초청 부문과 주목할 만한 시선, 감독주간, 비평가주간에 초청된 작품 중 데뷔작을 대상으로 후보작을 정한다. 그동안 황금카메라상이 배출한 감독으로는 짐 자무쉬 Jim Jarmusch, 미라 네어, 존 터투로 John Turturro, 자파르 파나히, 마크 레빈 Marc Levin 등이 있다. 올해는 25주년을 맞아 1991년의 심사 위원이었던 제럴딘 채플린

Geraldine Chaplin과 1994년의 심사 위원이었던 마르트 켈러Marthe
Keller, 그리고 황금카메라상 수상자들인 바흐만 고바디(이란,
2000), 로맹 구필Romain Goupil(프랑스, 1981), 무랄리 나이르(인도,
1999) 등이 심사 위원을 맡았다. 박진표 감독의 〈죽어도 좋아〉
는 나머지 18편과 함께 황금카메라상을 놓고 경합을 벌이며, 이
곳 현지에서도 상당히 큰 기대를 하고 있다.

카를로비 바리 영화제, 한국영화 초청 진행 중

올해 카를로비 바리 영화제(체코)에서도 한국영화는 주목
받을 것으로 보인다. 이곳 칸에서 만난 프로그래머 줄리에타 자
하로바Julietta Zacharova에 의하면 현재 민병훈 감독의 〈괜찮아, 울
지마Let's Not Cry!〉가 경쟁부문에 초청된 것을 비롯, 김기덕 감독의
회고전이 7편의 작품상영과 함께 열리며, 김성수Kim Sung Soo 감독
의 〈무사〉도 비경쟁 부문에 초청이 확정되었다고 한다.

[제55회 칸영화제 소식 제2신] **동남아시아에 눈 돌리는 칸**

이제 칸에서도 서서히 동남아시아영화가 주목을 받고
있다. 그동안 칸에서 소개되었던 동남아시아영화는 극히 제한
되어 있었으며, 필리핀 정도가 관심을 끄는 정도였다(그마저도
요즘에는 관심권 밖으로 밀려났다). 그런데 지난해에 태국영화로서

는 최초로 위시트 사사나티앙의 〈검은 호랑이의 눈물〉이 주목할 만한 시선에 초청된 후 올해는 두 편의 태국영화가 칸 무대를 밟아 주목을 받고 있다. 지난해 부산국제영화제 PPP 프로젝트였던 펜엑 라타나루앙의 〈몬락 트랜지스터〉가 감독주간에, 그리고 아피찻퐁 위라세타쿤의 〈친애하는 당신 Blissfully Yours 〉이 주목할 만한 시선에 초청된 것이다.

어제(5월 16일) 드뷔시 극장에서는 아피찻퐁의 〈친애하는 당신〉의 첫 상영이 있었다. 이 작품은 지난해 부산국제영화제 초청 예정작이었다. 그러나 작품이 완성되지 못하는 바람에 초청이 무산된 바 있다. 아피찻퐁은 태국영화계에서는 철저한 아웃사이더이다. 단편영화 제작 시절부터 실험영화만을 고집해 왔고, 장편 또한 실험영화만을 만들고 있다. 〈친애하는 당신〉은 아피찻퐁이 그동안 지켜왔던 실험적 형식을 탈피하여 새로운 시도를 하고 있는 작품이다. 이전의 작품들에서는 '반복'의 형식, 영상과 음향의 분리 등과 같은 실험적 형식을 추구해 왔으나, 이번 작품에서는 '느림의 미학'을 선보이고 있다. 내용은 이렇다 할 만한 것이 없다. 태국에서 불법 체류하고 있는 미얀마 청년 민 Min 과 그의 연인 룽 Roong, 그리고 민을 돌봐주는 중년 여인 온 Orn 이 등장하여 하루 사이에 벌어지는 이야기를 담고 있다. 민과 룽, 그리고 온과 그녀의 정부가 우연히 숲속에서 밀회를 즐기다가 만나는데, 아피찻퐁은 그들의 만남을 마

243

아피찻퐁 위라세타쿤 감독의 <친애하는 당신>

치 정물에 카메라를 들이대고 관찰하듯 묘사하고 있다. 이를테면 민과 룽이 숲속으로 차를 몰고 가는 신에서 도로 장면만 10분 이상이 소요된다. 연인들의 섹스 장면 역시 매우 적나라한데, 생략이 없다. 그야말로 인내를 요하는 '느림의 미학'을 집요하게 담아 내고 있는 것이다. 출연자들이 모두 비전문 배우인데다 너무도 낯선 형식의 영화라, 이곳 관객들의 반응은 매우 어리둥절해 하는 모습들이었다. 심지어 기가 막히다는 듯이 웃는 관객도 있었다. 주목할 만한 시선을 보다 새롭고 낯선 영화로 채우겠다는 집행위원장 티에리 프레모의 취향이 아니었다면, 어찌 되었을지 장담하기 힘든 영화임에는 틀림없었다. 반면에 며칠 후 첫 상영이 시작될 펜엑 라타나루앙의 〈몬락 트랜지스터〉는 훨씬 대중적인 작품이라 관객의 반응이 기대된다.

　　인도네시아영화는 아직 칸영화제 공식초청작 리스트에 오른 작품이 없다. 하지만 국민배우 크리스틴 하킴이 이번에 심사 위원으로 위촉되어(우리나라는 아직도 칸영화제에 심사 위원으로 위촉된 바가 없다. 아마도 내년에 첫 한국인 심사 위원이 나올 것으로 예상된다), 인도네시아영화의 명예를 높여주었다고 할 수 있다. 더군다나 개막식 리셉션장에서 김동호 집행위원장을 만난 하킴은 부산국제영화제와의 인연과 임권택 감독의 〈서편제 Seopyeonje〉를 너무나 감명 깊게 봤다는 이야기를 하면서 안성기 씨의 칸영화제 참가 여부를 묻기도 하였다. 하킴은 1996년에 일본 오구리 고헤이 감독의 〈잠자는 남자〉에서 안성기

245

씨와 함께 출연한 적이 있다. 이처럼 한국영화와 임권택 감독에 대해 잘 알고 있는 해외 영화인이 심사 위원으로 참가하고 있다는 사실은, 분명 〈취화선〉에게는 유리한 조건임에는 틀림없을 것이다.

비록 칸영화제 초청작은 아니지만 인도네시아영화의 미래를 긍정적으로 전망하게 해주는 마켓 상영작이 한 편 있다. 리잘 만토바니Rizal Mantovani와 호세 포에르노모Jose Poernomo의 데뷔작 〈젤랑쿵, 초대받지 않은 사람Jelangkung, The Uninvited〉이 바로 그 작품이다. 약 4,000만 원 정도의 초저예산으로 만든 디지털영화인 〈젤랑쿵, 초대받지 않은 사람〉은 공포영화로, 지난해 10월 자카르타의 1개 극장에서 개봉하였다가 관객들의 놀라운 반응을 얻어, 12월 중순부터 25개의 프린트를 떠서 확대 개봉한 바 있다. 5월 현재까지도 상영 중인 이 작품은 인도네시아 영화산업의 또 다른 희망을 보여주고 있다. 인도네시아영화는 가린 누그로호라는 뛰어난 감독 밑에서 미라 레스마나, 리리 리자 등과 같은 우수한 제자들이 배출되면서 영화산업의 토대를 새롭게 일구어 가고 있는 중이었다. 그런 과정에서 전혀 무명의 두 젊은 감독이 기적을 만들어냄으로써 인도네시아 영화산업은 '제2의 태국'으로까지 성장할 가능성을 보여주고 있는 것이다. 〈젤랑쿵, 초대받지 않은 사람〉은 한국의 미로비젼이 판권을 매입하여 세일즈에 나서고 있으며, 이곳 칸에서 마켓 시사를 한 다음 베니스영화제 출품을 타진할 예정이다. 또한, 〈셰리나의 모험〉으로 인도네시아영화 역대 최고의 흥행기록을 세운바 있는 여성 제작자 미라 레스마나도 현재 디지털영화인 '아이 시네마' 시리즈를 제작하고 있어, 이제 인도네시아영화의 미래는 젊은 제작자와 감독들의 성장을 지켜볼 일만 남았다.

[제55회 칸영화제 소식 제3신] 한국영화 세일즈와 한국의 세일즈 회사들

5년여 전만 해도 한국영화의 해외 수출은 해외의 세일즈회사들의 몫이었다. 포르티시모나 골든 네트워크 등과 같은 회사들이 주로 그러한 역할을 했었다. 그런데 올해 이곳 칸 마켓에 참가한 해외의 세일즈 회사들 중 한국영화를 세일즈하는 해외 회사는 단 한 곳도 없다. 이유는 간단하다. 이제 한국영화의 수출은 모두 한국회사가 담당하고 있기 때문이다. 올해 이곳 칸마켓에 참가한 한국 회사는 모두 30여 개사에 달한다(부스를 차린 회사는 모두 6개사). 이중 시네마 서비스나 CJ 엔터테인먼트와 같은 메이저 회사들은 자사의 작품을 직접 판매하고, 미로비젼이나 시네클릭 아시아는 여타 한국영화의 세일즈를 담당한다. 미로비젼의 경우는 류빙지안Liu Bingjian 의 〈곡하는 여자 Crying Woman 〉(중국)나 리잘 만토바니와 호세 포에르노모의 데뷔작 〈젤랑쿵, 초대받지 않은 사람〉(인도네시아), 팜 누에지앙 Pham Nhue Giang 의 〈버려진 계곡The Deserted Valley 〉(베트남)의 해

247

외 세일즈를 맡고 있기도 하다. 불과 몇 년 전만 해도 해외의 세일즈 회사를 통해 한국영화를 수출하던 한국영화계가 이제는 외국작품을 세일즈하는 단계에까지 온 것이다. 아직 마켓 초반이기는 하지만, 해외 수출 실적이 서서히 나타나고 있어 고무적이기도 하다. 반면에 포르티시모나 골든 네트워크는 중국이나 태국 쪽으로 눈을 돌리고 있다. 한국영화는 더 이상 세일즈를 할 수 없게 되었기 때문이다. 물론 이들 회사들도 합작이나 여타의 형태로 여전히 한국 영화시장과 연을 맺고 있다. 이제는 자신들이 가지고 있는 작품을 한국시장에 판매하는 쪽으로 전략을 바꾸었기 때문이다.

이곳 칸에 외국 작품을 구매하러 온 한국 바이어들은 올해 활발한 구매 활동을 보여주지 못하고 있다. 마켓 영화가 상영되는 29개의 극장과 시사실에서 한국 바이어를 찾기가 어려워진 것이다. 최근 소규모의 영화들(예술영화를 포함한)의 한국 내 흥행 상황이 워낙 좋지 않기 때문이다. 지난해의 경우 한국과 할리우드영화를 제외한 외화의 시장 점유율이 겨우 5%에 불과했었다. 이는 한국의 영화시장이 급성장하고 있는 반면에 너무 폐쇄적으로 변하고 있는 것은 아닌가 하는 우려를 낳기에 충분한 수치이다. 최근 한국영화의 선전이 매우 바람직한 것은 틀림없는 사실이지만, 좋은 외화들이 대중들에게 사랑받는 것도 의미 있는 일일 것이다. 하지만 이제 한국 영화시장은 할리우드를 제외한 해외의 영화가 가장 뚫기 힘든 시장으로 변하고 말았다. 물론 여기에는 과거 한국 바이어들이 보여줬던 제 살 깎아 먹기 식의 과당 경쟁 탓도 있지만, 우리네 영화 소비문화의 폐쇄성도 일조를 하고 있는 것이다. 어쩌면 한국과 할리우드를 제외한 외화는 아무리 우수한 작품이라도 영화제 외에는 접할 수 있는 기회가 거의 사라져 버리는 상황이 올 지도 모를 일이다. 이곳 칸에서 한국영화를 수출하는 회사들과 외화를 수입하는 바이어들의 처지는 이렇게 극명하게 엇갈리고 있다.

[제55회 칸영화제 소식 제4신] 오랜만에 돌아오는 잉마르 베리만의 소식

1. 거장 잉마르 베리만Ingmar Bergman이 돌아온다. 올해로 83세인 베리만은 공식적으로는 1982년의 〈화니와 알렉산더 Fanny And Alexander〉를 끝으로 영화 연출을 중단한 상태였다. 이후 그는 몇 편의 TV 영화를 만들었고, 아들 다니엘 베리만Daniel Bergman과 리브 울만Liv Ullmann의 영화 시나리오를 썼다. 다들 고령에다가 건강 문제로 그가 다시는 영화 작업을 못 할 것이라고 예측하였으나, 놀랍게도 신작 발표 소식이 이곳 칸에서 알려진 것이다. 그가 연출할 작품은 〈사라방드Saraband〉. 제작에는 스벤스크 영화사Svensk Filmindustri와 SVT-Fikiton(스웨덴), ZDF, ARTE, NRK, RAI, YLE 등 유럽의 주요 방송사들이 대거 참여하고 있다. 주연은 리브 울만과 얼랜드 조셉슨Erland Josephson이

말을 예정이며, 오는 9월에 촬영을 시작하여 내년 여름에 완성
될 예정이다.

한편, 오늘(5월 18일) 오후 2시 반에 있었던 마놀 드 올
리베이라Manoel De Oliveira의 〈불확실성의 원리The Principle Of
Indecision〉의 첫 상영이 열렸던 뤼미에르 대극장에는 올해 93세
의 노장 올리베이라가 노구를 이끌고 나타나 극장 안을 가득 메
운 관객들의 열렬한 박수와 환호를 받았다.

2. 올해 칸에는 초청받지 못했지만 주목을 끌고 있는 일
부 아시아영화가 칸에서 모습을 드러냈다. 13년 만에 감독으로
복귀한 톈좡좡Tian Zhuang Zhuang의 〈작은 마을의 봄Springtime In A
Small Town〉(중국)과 쓰카모토 신야Tsukamoto Shinya의 〈6월의 뱀
A Snake Of June〉(일본)이 바로 그것이다. 두 편 다 마켓의 공식 상
영이 아닌 일부 게스트를 대상으로 한 제한 상영의 형식으로 공
개되었다.

천카이거, 장이머우 등과 더불어 가장 주목받는 5세대
감독이었던 톈좡좡은 〈푸른색 연The Blue Kite〉을 끝으로 연출
을 못하고 있다가(대신 제작자로서 활동), 이번에 감독에 다시 복
귀했다. 그가 복귀작으로 선택한 〈작은 마을의 봄〉은 리메이
크작이다. 50년대 중국영화의 걸작으로 꼽히는 무페이Mu Fei의
동명 작품을 리메이크한 것이다. 40년대 혼란스러운 중국의 한
조그만 마을을 배경으로, 병든 남편과 그의 아내, 그리고 남편의

톈좡좡 감독의 <작은 마을의 봄>

쓰카모토 신야 감독의 <6월의 뱀>

친구이자 아내의 옛 연인인 남자 사이의 갈등을 그리고 있는 작 **252** 품이다. 이 작품의 매력은 고풍스러운 중국의 가옥 속에서 담아 내는 등장인물들의 심리 묘사이다. 톈좡좡은 실내 장면의 구도 와 조명을 나름의 독특한 색깔로 만들어내면서 등장인물들의 심 리와 잘 조화시키고 있다. 그러나 다소 작위적인 연기와 리듬이 다소 어긋나는 감정선 처리 때문에 아쉬움을 남기기도 하였다. 현재 이 작품은 올 베니스영화제에 출품 신청을 한 상태이다.

쓰카모토 신야의 〈6월의 뱀〉은 작품의 전체 분위기가 초기작 〈철남 The Ironman〉를 연상시킨다. '생명의 전화' 상담원 으로 일하고 있는 30대의 중년 여성 린코 Rinko는 어느 날, '남편 의 비밀'이라고 적힌 편지 한 통을 받는다. 그 편지 속에는 그녀 가 은밀하게 자위행위를 하고 있는 모습이 찍힌 사진이 들어있 다. 사진을 보낸 남자는 자살을 하겠다고 그녀에게 전화를 했다 가 설득을 당해서 자살을 포기한 사람이었다. 그런데 그는 그런 그녀의 뒤를 캐서 그녀의 치부를 사진으로 찍었던 것이다. 그리 고 그는 그녀에게 사진의 원판을 돌려주는 조건으로 그녀가 감 당하기 힘든 요구를 한다. 이 작품은 우기인 6월의 도쿄를 배경 으로, 암울하고 그로테스크한 등장인물들의 성격을 흑백 화면 에 담아내고 있다. 쓰카모토는 인간의 양면성을 비관적으로 그 리고 있는 것이다. 특히, 린코가 비가 장대처럼 퍼붓는 밤에 외 진 곳에서 전라로 카메라 앞에 서는 장면은 매우 충격적이다. 그녀에게 카메라를 들이댄 남자와 이를 몰래 훔쳐보던 남편, 그

리고 린코 사이의 팽팽한 긴장감은 관객을 압도한다. 한마디로
쓰카모토 마니아들이 좋아할 만한 그런 작품이다.

[제55회 칸영화제 소식 제5신] 화제작 〈곡하는 여자〉첫 상영

　　　주목할 만한 시선에 초청된 류빙지안의 〈곡하는 여자〉(중
국)의 첫 상영이 오늘 오후 2시 드뷔시 극장에서 있었다. 지난
1999년 데뷔작 〈남남여여 Men And Women〉가 부산국제영화제
뉴 커런츠에 소개된 바 있는 류빙지안은 지난해 PPP에 〈곡하
는 여자〉프로젝트로 초청된 바 있다. 한국에서는 MBC프로덕
션과 미로비전이, 그리고 캐나다와 프랑스, 중국회사가 합작 파
트너로 참가하여 완성된 〈곡하는 여자〉는 프레스 시사 때부
터 호평이 계속되었고, 오늘 상영에서도 많은 화제를 모았다.

[제55회 칸영화제 소식 제6신] 성황리에 치러진 한국영화의 밤

　　　'한국영화의 밤' 리셉션이 어제(5월 20일) 저녁 9시 30분
에 열렸다. 영화진흥위원회(위원장 유길촌)의 주최로 열린 이날
리셉션에는 〈취화선〉의 임권택 감독과 정일성 Jung Il-sung 촬영
253 감독, 이태원 Lee Tae-won 태흥영화사 Taehung Pictures 사장, 안성기

씨, 최민식 Choi Min-shik 씨, 〈죽어도 좋아〉의 박진표 감독, 김동
호 부산국제영화제 집행위원장 등 국내 영화인들과 해외 영화
인들 150여 명이 참석하여 성황을 이뤘다. 특히 해외 게스트 중
에는 이번 칸영화제의 공식 경쟁부문 심사 위원을 맡고 있는 인
도네시아의 크리스틴 하킴과 황금카메라상 심사 위원을 맡고
있는 인도의 무랄리 나이르가 김동호 위원장의 주선으로 참석
하여 눈길을 끌었다.

이 밖에도 최근 한국영화에 대한 해외의 관심을 반영하
듯 이날 리셉션에는 모리츠 데 하델른 베니스영화제 집행위원
장, 미셸 시망 국제영화평론가협회장, 울리히 그레고어 전 베를
린영화제 포럼 집행위원장, 알베르토 바르베라 전 베니스영화
제 집행위원장, 모흐센과 사미라 마흐말바프, 그리고 중국의 여
배우 궁리 등이 모습을 드러내 국내 영화인들과 인사를 나누고,
〈취화선〉의 칸영화제 경쟁부문 진출을 축하해 주었다.

특히 크리스틴 하킴은 〈취화선〉 팀과 별도로 마련된
자리에 참석하여 임권택 감독에게 〈서편제〉가 자신이 가장
좋아하는 영화 중 한 편이며 그 때문에 판소리에 대해서도 알게
되었다는 덕담을 건넸으며, 오구리 고헤이 감독의 〈잠자는 남
자〉에서 같이 출연한 바 있는 안성기 씨를 만나 반가운 인사를
나누기도 하였다.

칸, 베니스, 베를린 등 소위 3대 메이저영화제를 위협할 정도로 비중 있는 영화제로 성장한 캐나다의 토론토영화제가 '한국영화 특별전'을 연다. 토론토는 매년 1개 국가를 선정하여 그 국가의 영화를 집중적으로 소개하는 '내셔널 시네마 National Cinema'라는 프로그램을 운영하고 있는데, 올해는 한국영화를 그 대상으로 선정한 것이다. 토론토영화제 집행위원장인 피어스 핸들링 Piers Handling은 세계 최고 수준의 자국 영화 점유율을 가지고 있고, 최근 할리우드에서 리메이크 판권을 사들일 만큼 주목을 받고 있는 한국영화에 대해 깊은 관심을 보이고 '한국영화 특별전'을 열기로 하였다고 한다. 피어스 핸들링은 칸에 마련된 영화진흥위원회 파빌리온과 한국회사들의 부스를 찾아 이 같은 계획을 밝히고 협조를 요청하였다. 핸들링에 따르면 10편에서 15편 정도의 최근작이 소개될 것이라고 한다. 올해로 27회를 맞는 토론토영화제는 오는 9월 5일부터 14일까지 열린다.

[제55회 칸영화제 소식 제8신] **쿠르드족의 삶을 그린 바흐만 고바디의 〈고향의 노래〉**

255 이번 칸에 초청된 이란의 장편 중 감독의 중량감으로 보

면 단연 압바스 키아로스타미의 〈10〉이나 다리우스 메흐르지
Dariush Mehrjui의 〈베마니Bemani〉가 관심의 대상이겠지만, 사실
이 두 작품은 기대에 미치지 못하였다. 반면에 주목할 만한 시
선에 초청된 바흐만 고바디의 〈고향의 노래A Marooned In Iraq〉
는 눈에 잘 띄지는 않지만 보석과도 같은 작품이다.

　　〈고향의 노래〉를 이해하기

바흐만 고바디 감독의
〈고향의 노래〉

위해서는 먼저 바흐만 고바디에 대해
알아둘 필요가 있다. 바흐만 고바디
는 데뷔작 〈취한 말들을 위한 시간〉
이 지난 2000년 칸영화제에서 황금카
메라상을 수상하였고, 압바스 키아로
스타미의 조감독 출신이라는 점이 널
리 알려져 있는 감독이다. 하지만 그
의 작품 세계를 이해하는 데에 보다
중요한 요소는 그의 출신 배경이다. 그는 쿠르드족 이란인이
다. 쿠르드족은 주로 이란과 이라크 국경 근처에 모여 살고 있
으며, 독자적인 고유문화를 지니고 있는 데다 줄기차게 독립을
추구하고 있다. 바흐만 고바디는 단편영화에서 지금까지 바로
그 쿠르드족의 문화와 아픈 역사를 작품 속에 담아오고 있다.
제4회 부산국제영화제에 초청되었던 그의 단편 〈안개 속의 삶
Life In Fog〉은 이란과 이라크 국경 사이를 오가며 밀수로 생계를
이어가는 쿠르드족의 삶을 담은 작품이며, 황금카메라상 수상작

〈취한 말들을 위한 시간〉은 〈안개 속의 삶〉의 내용을 그대로 장편화한 작품이다.

　　〈고향의 노래〉 역시 이란과 이라크 국경 주변의 쿠르드족의 비참한 삶을 그리고 있는 작품이다. 제목은 언뜻 계몽적 다큐멘터리를 연상시키지만, 흥겨우면서도 가슴 찡한 아픔이 있는 작품이다. 이란과 이라크 국경 근처의 쿠르드족이라면 모르는 사람이 없는 저명한 가수 미르자Mirza는, 노래를 못 부르게 한다는 이유로 이라크로 건너가 다른 남자와 결혼해버린 아내 하나레Hanareh를 찾아 나서기로 한다. 역시 유명한 가수이기도 한 두 아들 아우데Audeh와 바라트Barat가 아버지를 동행한다. 하지만 이라크 국경 근처의 쿠르드족은 이라크군의 무차별 공격에 의해 수많은 사람이 죽어 나갔고, 미르자는 그 참상을 목격하게 된다. 하나레 역시 자신의 남편이 죽고, 그녀 자신은 화학 무기로 인한 피해로 목소리를 잃게 되었다는 것을 알게 된다. 결국 미르자는 하나레를 만나지 못한 채 그녀가 부탁한 어린 딸만 데리고 국경을 다시 넘어온다.

　　로드무비의 형식을 취한 이 작품에서 미르자와 아들이 중간에 만난 결혼식장에서 불러주는 축가나 아이들에게 불러주는 쿠르드족의 전통민요는 너무도 흥겹다. 고바디는 쿠르드족이 나라도 없으면서 독자적인 문화를 이어오고 있는 힘을 미르자와 아들들의 노래로 대변한다. 하지만 고바디는 이러한 내용을 너무 무겁지 않고 유머러스하게 풀어나가고 있다. 서로 티격

257

태격하면서도 진한 우애와 사랑을 보여주는 이들의 음악 여행
은 마치 아키 카우리스마키 Aki Kaurismaki의 〈레닌그라드 카우보
이 미국에 가다 Leningrad Cowboys Go America〉를 연상시킨다. 좌충
우돌하는 미르자와 아우데, 그리고 바라트의 캐릭터 역시 매우
매력적이다.

하지만 영화의 후반부에 접어들면 고바디가 진정으로
하고자 하는 이야기가 펼쳐진다. 이란과 이라크 양쪽으로부터
배척당하고, 독립을 요구한다는 이유 때문에 무차별 살상당하
기까지 하는 쿠르드족의 아픈 현실을 세계를 향해 외치고 있는
것이다. 혼자 걷기도 힘들 정도로 연로한 미르자가 하나레의 어
린 딸을 등에 업고, 거친 눈보라를 헤치며 철책선을 넘어오는
마지막 장면은 진한 여운을 남긴다. 또한 그동안 흥겹게만 들렸
던 그들의 노래가 너무도 슬픈 노래였음을 깨닫게 된다. 비록
국적은 이란이지만, 쿠르드족임을 당당하게 내세우며 쿠르드족
의 정체성을 예술로 지켜나가는 고바디의 목소리는 분명 울림
이 크다.

[제55회 칸영화제 소식 제9신] **올해 최고의 아시아영화가 될 지아장커의
〈임소요〉**

지아장커의 〈임소요 Unknown Pleasures〉가 베일을 벗었

다. 결론부터 말하자면 올해 최고의 아시아영화 중 한 편이다. 이 33세의 젊은 감독은 이제 선배인 5세대 감독들의 예술적 성취를 뛰어넘어 버렸다. 디지털로 찍은 이 잔잔한 소품이 거대한 중국영화의 흐름을 뒤바꾸려 하는 것 같다.

[제55회 칸영화제 소식 제10신] 〈신의 간섭〉, 〈친애하는 당신〉 등 수상작 결정

이번 칸영화제의 최대 화제작 중의 한 편인 엘리아 술레이만Elia Suleiman의 〈신의 간섭Divine Intervention〉(팔레스타인)이 공식 경쟁부문의 피프레시상 수상작으로 결정되었다. 중동의 화약고인 팔레스타인을 배경으로 벌어지는 이 풍자 코미디는 이스라엘과 팔레스타인인과의 분쟁을 우화적으로 풀어내 평단의 호평을 받은 바 있다. 1960년생인 엘리아 술레이만은 뉴욕에 거주하면서 아랍인에 관한 단편영화를 만들었으며, 1996년 데뷔작 〈실종의 연대기Chronicle of a Disappearance〉로 전 세계의 주목을 받고 제2회 부산국제영화제에 초청되어 참가한 바 있다. 한편, 주목할 만한 시선 부문의 피프레시상에는 압데라만 시사코Abderrahmane Sissako의 〈행복을 기다리며Waiting For Happiness〉(모리타니아), 감독주간의 피프레시상에는 타레크 마수드Tareque Masud의 〈진흙새Matir Moina〉(방글라데시)가 수상작으

엘리아 술레이만 감독의 <신의 간섭>

로 선정되었다.

　　비평가주간의 수상작도 결정되었다. 장편 7편, 단편 7편이 초청된 올해의 비평가주간에서 최우수 단편영화상(카날 플뤼상)은 살바도르 아귀레Salvador Aguirre와 알레한드로 루베즈키 Alejandro Lubezki의 〈메스메르De Mesmer, con amor o Té para dos〉(멕시코)가, 최우수 장편 영화상은 에마누엘 크리알레세Emanuele Crialese의 〈숨결Respiro〉(이탈리아)이 수상하였다. 또한 젊은 비평가상에는 레자 파르사Reza Parsa의 〈악마를 만나다Meeting Evil〉(스웨덴)가 최우수 단편영화상, 에마누엘 크리알레세의 〈숨결〉(이탈리아)이 최우수 장편영화상 수상작으로 결정되었다.

　　태국이 칸영화제에서 첫 수상작을 배출하였다. 아피찻퐁 위라세타쿤의 〈친애하는 당신〉이 주목할 만한 시선에서 상을 수상한 것. 태국에서 고군분투하며 실험영화를 만들어 온 위라세타쿤의 이번 작품은 파격적인 형식으로 관객을 낯설게 한 반면, 바로 그 실험성을 높이 평가받아 수상의 영예를 안았다. 전 그리스도교회상Ecumenical Prize 수상작도 결정되었다. 6명의 심사 위원단은 아키 카우리스마키의 〈과거가 없는 남자The Man Without A Past〉(핀란드)를 올해 칸의 전 그리스도교회상 수상작으로 결정하였다. 또한, 장 피에르Jean-Pierre Dardenne와 뤽 다르덴Luc Dardenne 형제의 〈아들The Son〉(벨기에)과 마르코 벨로치오Marco Bellocchio의 〈내 어머니의 미소My Mother's Smile〉(이탈리아)를 특별언급하였다.

261

　　제55회 칸영화제가 막을 내렸다. 임권택 감독이 〈취화선〉으로 감독상을 수상하는 쾌거를 거두어 우리에게는 더욱 뜻깊은 의미를 안겨준 올해의 칸영화제를 결산한다.

　　올해 칸영화제의 특징은 한마디로 미지의 영화가 강력하게 부상한 한 해였다. 공식 경쟁부문의 경우 대부분 대가들의 작품으로 채워졌지만, 특히 주목할 만한 시선의 경우 세계 영화계에서 아직 낯선 감독이나 미지의 영화를 대거 초청함으로써 칸이 새로운 영화를 발굴하겠다는 의지를 펼쳐 보인 것이다. 그 결과 태국(아피찻퐁 위라세타쿤의 〈친애하는 당신〉), 모리타니아(압데라만 시사코의 〈행복을 기다리며〉), 방글라데시(타레크 마수드의 〈진흙새〉), 팔레스타인(엘리아 술레이만의 〈신의 간섭〉) 등 생소한 지역이나 감독들의 작품이 대거 수상하는 결과를 낳았다. 특히 현재 극심한 분쟁지역을 배경으로 한 이스라엘(아모스 지타이의 〈케드마〉Kedma)과 팔레스타인(엘리아 술레이만의 〈신의 간섭〉)의 작품이 나란히 경쟁부문에 올라 눈길을 끌었다. 이는 지난해 집행위원장(예술 총감독)으로 새로 부임한 티에리 프레모가 영화 선정에 있어 자기 색깔을 성공적으로 입히고 있음을 의미한다.

　　아시아 지역의 경우 임권택 감독과 아피찻퐁 위라세타쿤이 각각 감독상과 주목할 만한 시선상을 수상함으로써 비록 올해 적은 편수가 초청되기는 했으나, 여전히 강력한 힘을 가지고 있음을 보여주었다. 또한, 발리우드영화 〈데브다스〉의 공식부문 초청과 50년대의 전설적인 발리우드 스타 라즈 까푸르의 회고전 등 그동안 단순한 상업영화로만 치부되어 왔던 발리우드영화의 독특한 색깔을 조명함으로써 앞으로 인도의 발리우드영화는 해외시장 진출에 보다 탄력을 받을 것으로 보인다.

한편, 칸영화제를 받치는 또 하나의 강력한 힘인 칸마켓은 올해도 호황을 누렸다. 7,000여 명의 마켓 참가자와 2,000여 편의 영화가 거래되는, 칸은 그야말로 임시 세계영화산업 본부의 기능을 충실히 수행해냈다. 모두 5개 회사가 부스를 차리고 세일즈에 나선 한국회사들은 비교적 좋은 성적을 거두었다. 한국영화는 임권택 감독의 수상과 더불어 마켓에서의 선전으로 산업과 미학적 측면 모두에서 성공적인 성과를 거둔 셈이다. 특히 이곳 칸에서는 세계 유수의 여러 영화제들이 영화진흥위원회 부스를 찾아 한국영화제 특별전을 갖겠다는 제의를 해왔으며, 이에 따라 앞으로 해외 영화계에서 한국영화의 붐은 더욱 활기를 띨 것으로 보인다. 이에 비해 일본이나 홍콩영화는 상대적으로 약세를 면치 못했으며, 이란영화의 경우도 아직 산업적으로 전혀 힘을 발휘하지 못하고 있다. 이로써, 한국영화는 이제 아시아영화의 리더로서의 위치를 다졌다고 해도 무방할 것이다.

올해 칸은 시대의 흐름에 능동적으로 대처하고 참가자들의 편의를 배려하는 시도를 적극적으로 추진함으로써 '오만

한 영화제'라는 악명을 씻겠다는 노력도 선보였다. 올해는 모든
상영작에 100% 영어자막을 삽입하였으며, 디지털영화의 수용
과 상영에 대해서도 많은 신경을 썼다. 또한 일반 관객들이 표
를 구하기 힘든 점을 감안, 바닷가에 야외스크린을 설치하여 서
비스하기도 하였다. 물론 상대적으로 배지와 소지품 검사를 더
욱 철저히 하는 등 보안에 너무 신경을 쓰는 바람에 참가자들이
불편을 겪기도 하였지만, 대개는 지난해 9·11 테러 사건의 여파
로 이해하는 편이었다.

Jiseok is
on a business trip.

Copright ⓒ 2020 부산국제영화제

부산국제영화제
48058 부산시 해운대구 수영강변대로 120,
영화의전당 비프힐 3층
대표전화 1688-3010, 팩스 05-709-2299
e-mail forum@biff.kr
www.biff.kr

펴낸이 이용관, 전양준 (BIFF)
저자 김지석
편집 박진희, 호밀밭, 이호걸
자료조사 옥승희
도움주신 분들 문웅, 박선영, 박가언, 김성한
출판 제작 호밀밭